新宿的貓

多利安助川
ドリアン助川

黃毓婷——譯

一

該從何開始說起那時候的事情？我杵在紛亂的思緒之前，猶豫不決。儘管曾風行過「泡沫」一詞，用以象徵那個年代，但那只不過是約定俗成的說法。對我這個沒半點閒錢的人來說，那無法呈現出我人生某段時期的樣貌。

的確，我認同在那個時代，整個社會的氛圍相當輕浮草率。人人都認為土地愈經轉手愈能賺錢，東京都心的大樓可值上好幾億日圓。當然，新宿也有人在檯面下炒地皮。走在紅燈區，就能看到好幾間做不了生意的酒吧。釘死在門上的木板留著可疑的公司名稱，昭告天下本區近期將要進行重劃。應該有不少人靠著不動產買賣和大膽的投機操作大賺一筆的吧。

站在我個人的角度來看卻是截然相反，我彷彿在迷宮中跌跌撞撞摸索前行一般，笨拙遲鈍。那時代任誰都相信著未來一片光明美好，更凸顯獨自掙扎的自己更加落魄。

然而，在那段陰沉渾沌的日子裡，埋藏著影響了我往後人生的契機。在那間偶然踏進的居酒屋，偶然撞見的那個遊戲。這個故事也許會有點長，不過我想就從這裡開始說起好了。

關於貓的，賭博。

等我終於搞懂旁邊那個跟我一起坐在吧檯的客人在做什麼，一種已遺忘許久的感覺油然而生——憋著笑以免噴飯的感覺。然後我還驚訝地感到體溫在我體內凝聚，身心開始回暖。

那間居酒屋連個放隨身物品的地方都沒有，狹窄、細長又破舊。因為店內只有一條筆直的吧檯，酒客們都像四季豆一樣成排就座。

吧檯座位的背後緊貼著牆壁。雖然能當成椅子的靠背還挺方便的，不過要是有體積大一點的客人坐著，那就沒路可走了。每次只要有人想去廁所，其他人都要配合著稍微起身一點或扭曲一下身體，開始一齊做體操活動。

但也就是因為那間店狹窄得不像話，所以才能聽到旁邊酒客在聊什麼、才能看到旁邊有一雙貓眼在閃爍、才擁有了一輩子的邂逅。我也才能正面面對那個我無法逃避的人生難題。

打從還是學生的時候，我就常往新宿跑了。大致上都是去看看書籍、CD，或是純粹興趣使然去摩鐵區走走晃晃。不過，我當然稱不上對新宿瞭若指掌。譬如飲酒，我鐵定照著高中國文老師的教誨，只在某個區域內喝。

（那位老師的口頭禪是「什麼是人類？」他在上課時說：「要去東京念大學的人，就去這喝吧」，並用白粉筆在黑板上寫下「新宿黃金街」。）

總有一天會擋不了炒地皮的，而步入歷史——這樣的傳言甚囂塵上，但這黃金街仍擠了二百間以上的小酒吧，總是洋溢著它獨有的活力。這條街從戰後的混亂時期存續至今。酒客在一間店待膩了，可以去隔壁店，然後再去隔壁，有如追逐著燈火飛舞的蛾。光這片狹小的區域，就能滿足喝醉的需求。

明明沒什麼閒錢，但我一喝起酒來，也是這個樣子。黃金街上的店長和媽媽桑們，不會愚弄像我這樣的年輕小夥子，而會一視同仁地聊天。我實在很喜歡這樣的感覺，於是我在這半徑五十公尺左右的小小銀河盡情漫遊，訪遍各個紅色星星、藍色星星、白色星星。也因如此，紅燈區中較為有名的新宿二丁目、三丁目和ＫＯＭＡ劇場周圍，我倒是沒有去過。一開始之所以會踏進那間有點偏離黃金街的狹長居酒屋，不過是偶然中的偶然。

那一天，我就是想喝。因為我心情低到谷底。從頭到腳都充斥著不安，甚至詛咒自己。再怎麼毛遂自薦卻都不被採用的自由影視企劃之流，比沒有杯底的酒杯還沒用。

我會如此消沉的原因，就發生在赤坂電視台的製作會議上。在導演和製作人的面前，我漸漸萎縮、漸漸萎縮，最後在椅子上煙消雲散。我徹夜未眠精心寫了機智問答五十題，卻只有一題被採用：「賓士貓、銀虎斑、褐虎斑。請問，牠們是哪種貓？」剩下的四十九題稿子，被導演皺著一張臉嫌棄道：「好像不是我要的耶。」便順手扔進垃圾桶了。

「下列哪個說法最適於形容人生懷才不遇的情況呢？

1、未蒙眷顧者就是未蒙眷顧。2、未蒙眷顧者，方為天選之才。3、未蒙眷顧者就是只能喝酒睡覺。這是什麼鬼東西？你覺得這叫機智問答？我看啊，你根本不懂吧！」

導演看著我的表情，彷彿看到什麼髒東西似的。我只能移開自己的視線，嘴上說著「不好意思」。幾乎沒一個機智問答題目能用的消息，肯定傳到師父耳裡了。這預感又讓我的心情更加低落。

找不到能用來彌補的題材，我想我那時成了一具行屍走肉，漫無目的地走在四月霧濛濛的天空之下。我去赤坂見附站的廁所照照鏡子，鏡子裡站著的是杜莎夫人的蠟像。看來不只是鬥志，我連表情都遺落在那間會議室了。我也沒有會安慰我的女朋友，只能借酒澆愁了。本應乖乖回去高田馬場的住處倒頭就睡即可，但我卻像被拉著一樣往新宿走去。

我這尊蠟像搭上了丸之內線，在新宿三丁目站下車。隨著洶湧的人潮穿越了靖國大道。不過，還要再一陣子夜幕才會降臨。新宿的傍晚像摻了些紅色食用色素般，而黃金街還沒睡飽午覺、塗脂抹粉。

一整排尚未亮燈的灰撲撲的招牌。被迫關門大吉的酒吧落在繁華的黃金街裡，顯眼得就像被蟲啃出一個洞一個洞似地。杳無人跡的陰暗通道。我已走投無路。之所以會往歌舞伎町摩鐵街那方向走去，也許是因為不忍直視那幅呈現出我內心的悲慘景色，才轉身離開的吧。

走著走著，在一間因為炒地皮而淪為廢墟的摩鐵對面，有一間掛著紅燈籠的居酒屋。燈籠上有破洞，燈泡如魔界的燈塔一樣亮著。從店面的玻璃門往裡面瞧瞧，已經有幾位客人坐在狹長的吧檯上了。

燈籠上用招攬字體寫著「花梨花」。我還真不曉得該怎麼唸。先浮現出腦海的是訓讀「Ka rin bana」，但轉念想想，還是音讀「Ka rin ka」比較好聽。有一首俄羅斯民謠就是這個歌名。照這樣子看來，會不會端出俄羅斯料理呀？該不會還播放著紅軍合唱團的歌吧？

想著這些事情，就想到搞不好能拿來用作我所負責的情報節目題材，於是打開了那道玻璃店門。

我就是這樣遇見了命中注定的那個人。究竟是怎麼樣的命中注定，且聽我娓娓道來。

一踏進店門，聽到的不是蘇維埃紅軍合唱團，而是沙啞的嗓音演唱的藍調，讓人聯想到觸礁了的抹香鯨。是湯姆．威茲的《Downtown Train》。

不對啦，那不是重點。

重點是，貓咪賭博。

畢竟是第一次上門的店，我有點緊張地跨過了那扇門。廚房裡的年輕女性指著裡面的位置對我說「這邊請」，於是我小心翼翼地走過那條狹長的吧檯座位後方。為了讓我能夠過去，三位客人多少做了點體操。我點了酎HIGH，開始喝了起來。

「我賭大姐頭。」

「那我賭社長。」

旁邊的兩位酒客到底在說些什麼，我真是丈二金剛摸不著頭腦。

說要賭大姐頭的，是一個五十歲上下的男人，他一頭小波浪捲髮簡直像鳥巢般蓬亂。戴著墨鏡，一張開嘴就露出左半邊的金牙。混著聽不出哪個地方的口音。

說要賭社長的，是一位瘦巴巴的男性，看起來比當時二十七歲的我再大一點。留著一頭染成褐色的長髮，身上的T恤印著Les Paul的吉他。且不說他是不是專門的，至少讓人感覺他多少有在從事一些音樂人的事務。不過，他穿著牛仔褲，光著腳踏著木屐。而他的長相也跟木屐一樣方方正正的。我偷偷給他取了個「木屐搖滾樂手」的代稱。

鳥巢頭從像是討債者會拿的那種黑色公事包中拿出了筆，在各自的免洗筷袋子上寫下「大姐頭」及「社長」。

兩個人拿著印有HOPPY字樣的啤酒杯，邊喝邊聊著某個人的傳聞。

「那傢伙的兒子不是很優秀嗎？聽說要去亞塞拜然的大學留學了。」

鳥巢頭開了話題，木屐搖滾樂手壓低了聲音問道：「亞塞拜然？」

「嘿啊。蘇聯解體後不是分成很多小國家嗎？亞塞拜然就是其中之一。因為它有產石油，所以以後會變成有錢的國家哦。」

「哼嗯。不過我說啊，那麼優秀的兒子，他知道他老爸都化濃妝、穿網襪在新宿出沒嗎？」

雖然這話題並沒有引起我的興趣，不過畢竟是第一次上門的店，而且我還對自己只能寫出直接進垃圾桶的機智問答一事煩悶不快，所以我依然像一尊面無表情的蠟像，默默地喝著自己的酒。只不過身為常喝酒的人，我不用轉頭去看旁邊也能知道周遭的動靜。

儘管他們聊女裝老爸聊得很起勁，但鳥巢頭和木屐搖滾樂手看也不看對方。他們兩人都稍微把頭抬起一些，盯著斜上方的某一點。

看來這兩個人所關心的，是開在廚房牆壁中間的一扇窗戶。不知道是不是之前裝空調的位置，那扇窗戶就剛好是那樣的大小。除了入口那道玻璃門，能得知外頭明暗的就只有那扇窗了。

從那扇小窗戶，只能看見水泥圍牆和隔壁大樓的磚牆。以形式上來說是窗戶沒錯，但沒有風景可看。儘管如此，那兩人依然直盯著那扇窗，我實在搞不懂究竟為何。

當店員從廚房端出了我點的燉煮時，鳥巢頭突然叫了聲「喔！」便起身。我接過熱氣騰騰的碗，同時心裡也叫了聲「喔！」

窗外有貓。

黑褐相間的直條紋毛色，是褐虎斑貓。牠從水泥圍牆上看著這邊。

「賭中了！是社長！」

木屐搖滾樂手擺出了勝利姿勢。可能是聲音太大了吧，貓咪像是受到驚嚇一般壓低了身子。牠臉上還帶著傷。瞪大了牠黃褐色的雙眼，閃爍著流光溢彩。

「社長！是社長對吧！」

「慢著，是真的嗎？」

褐虎斑又定眼看了看那兩個指著自己的人。然後像是在找人一樣左右擺擺頭，不知為何，牠的視線落到了我身上。接著突然一副再也受不了被注意的表情，消失得無影無蹤。

「什麼嘛，是社長啊。」

鳥巢頭嘖了一聲，給了得意洋洋的木屐搖滾樂手一記輕輕的肘擊。他摘下墨鏡，彷彿在尋求同情似地朝我皮笑肉不笑了一下。他的金牙閃閃發亮，眼睛像柿子的種子一樣細小。

他們兩個人在賭窗邊會出現哪隻貓。是貓咪賭博啊。

這可真是出乎意料的突發事件。

狹窄的居酒屋搖身一變為貓咪劇場了。

旁邊的兩位酒客與窗邊那隻褐虎斑的圓眼，讓我的世界和我的時光耳目一新。摘下墨鏡後的鳥巢頭真面目也實在抱歉。好想捧腹大笑，只得拚命用力握緊腳趾才能憋住。

「那真的是社長嗎？」

「是社長啦。那是社長啊。那雙眼睛就是社長嘛。」

「我記得這附近應該有兩隻褐虎斑吧。另一隻是……」

「總經理有一只耳朵被咬成鋸齒狀了啦。剛剛那隻的兩只耳朵都好好的。是社長啦。」

總經理？這隻貓不曉得長相如何？

我第一個想到的是這問題。接著疑問便一個接一個地跳出來。

每位來此的酒客都會拿貓來賭嗎？也就是說，這間店是世上絕無僅有的貓咪賭場嗎？勝率大概多少？女裝老爸會加入賭局嗎？

在赤坂電視台垂頭喪氣、筋疲力盡的那個我，已隨著燉煮的蒸氣消散而去。凝聚起來的體溫在體內竄流，我甚至開始想著流浪到新宿這件事情真是最好不過的選擇。

我再次環視店內。廚房的入口處掛著一塊小黑板，寫著店裡的菜單。店裡只有一位年約二十歲上下的年輕女性員工，一下子忙著燒烤、一下子忙著洗碗。

「小夢，我輸了啦，請這小子一杯HOPPY。你還要什麼？」

「烤雞串拼盤來一份吧。」

「呿。就這樣啦，剛剛點的都算我的。」

小夢。

廚房裡的那位女性，就叫這個名字。

我的耳朵擅自記住了她的名字。

「你們還在玩呀？」

那位小夢拿出全新的啤酒杯，倒入燒酎與冰塊，送了過來。額頭上滲著汗珠。

「唉呀，出現的竟然是社長。真是被打敗了。」

「是喔——。本來就猜不太中了，還賭。」

小夢上半身越過吧檯，將啤酒杯放在桌面上，然後倒入麥芽飲料HOPPY。酒杯中的燒酎閃著琥珀色的光澤。其他客人也都喝這款。看來在這間店，大多是喝HOPPY的。木屐搖滾樂手拿起新酒杯喝了一口，說：「好久沒猜中了喔。多虧了社長，我才可以賺到一杯。」

「是哦？」

木屐搖滾樂手正要露出微笑，但小夢卻讓我意外地對客人冷淡如冰。她拿起毛巾吸走額頭上的汗水，向那兩人確認「拼盤要鹽味的呢？還是淋醬的呢？」後，便逕自往燒烤台去了。

似乎是個沒什麼笑容的人啊。

那是我對小夢的第一印象。我是認為，小夢自己都說不太容易猜中了，那給猜中的木屐搖滾樂手一個微笑也不為過嘛。還是說，因為她忙到沒空管這個呢？另一個我做如此想。

站在旺盛的炭火前，肯定很熱。小夢已經滿身大汗，但點單卻一個接著一個來。客人之間誰賭贏了、誰賭輸了，也許對她來說都無所謂。

我對這狹窄居酒屋突然產生了濃烈的興趣，於是學著旁邊的酒客點了HOPPY。額頭冒汗的小夢，將裝著燒酎的啤酒杯與兌酒用的麥芽飲料端給我。

「那個，請問一下。」

雖然覺得自己不識時務，不過我還是問了。

「這間店，是唸做音讀『Ka tin ka』嗎？」

「是的。是那樣沒錯，但反正……」

「但反正？」

「反正您愛怎麼唸都可以的。」

「愛怎麼唸是？」

「隨你高興。」

連個禮貌性的笑容都沒有。

小夢講話也怪怪的。好像舌頭太短，導致講話有點漏風的感覺。面無表情的表情也是她獨特之處。偏長且大的左眼可以看到我，但稍微圓了一點的右眼卻似乎看不到我。

雖然她說，隨我高興。

我偷偷觀察回到燒烤台前的小夢。儘管她都不笑，但卻也沒有打著什麼壞主意或鑽牛角尖的樣子。只是她所給人的感覺，彷彿有某種保護膜籠罩著她。若要打個比方的話，那層保護膜猶如黃昏時分緩緩降臨的夜幕，既輕薄又透明。

我故意伸了伸懶腰，點了跟旁邊一樣的烤雞串拼盤。小夢忙著手上的事，就站在燒烤台前問我：「您要鹽味呢？還是淋醬呢？」該說我有選擇障礙嗎，每次被問及這種問題，我總是無法立即回答。今天也是這樣，苦苦煎熬糾結許久之後，才告知「請做鹽味的」。

過了一會兒，小夢將兩道烤雞串拼盤分別端給旁邊的兩人與我。依然一樣是上半身越過吧檯，將盤子放在桌面。

硬要分的話，小夢算是嬌小的女性。她的身高，跟我坐下來之後的高度差不多。也許是因為如此，我才會特別注意到她的表情吧。

「好，我猜下一隻是托托。」

「咦，你要猜賓士貓？那，我就猜波普吧。」

「啊，黑貓是吧。」

旁邊那兩人夾著烤雞串，又開始了下一輪賭局。我被賓士貓一詞吸引了。賓士貓專指一種毛色黑白的乳牛貓，且額頭部分的黑白區塊活脫脫就像賓士車的商標。

我在高田馬場的住處，也常有貓來光顧。我本身就喜歡貓，加上在寫機智問答稿的時候有特別查過，因此對賓士貓有些了解。不過我好奇的是，為什麼他們對這專門術語、對窗邊出現的每隻貓的名字都這麼瞭若指掌？

「小夢，烤雞串好好吃喔！」

鳥巢頭一邊將烤雞串送進嘴裡，一邊朝廚房喊話。燒烤台前的小夢看了這邊一眼，只說了聲：「是喔？」

烤雞串的確很美味。

這麼說對肉雞不太好意思，不過這道烤雞串拼盤，不論是雞里肌、雞肉蔥串也好，雞肝、雞胗也罷，還有那雞皮、雞肉丸，美味程度都讓人想給個優等。每一串都有熟透，每一塊肉都飽含著肉汁與美味的精華。鹹度也掌握得恰到好處，鹽分不過多、不過少，堪稱搔到癢處的調味。每一串都很搭HOPPY。

「啊！什麼嘛！」

鳥巢頭又站起身來了。嘴裡塞著滿滿食物的我也抬起頭來。

太陽已然西下，店裡的燈光卻映照著窗外的水泥圍牆。那邊有隻白貓。貓毛反射燈光，猶如細小的花朵似的。牠瞪大了藍色光亮的雙眼，窺視店內。

「可惡！」

兩人不約而同仰天嘆息，但木屐搖滾樂手大概是贏過一次吧，優哉游哉地喚了白貓的名字。

「女王，妳今天也很性感呢。」

「那不是女王吧。是三角褲吧。」

「才怪，三角褲會流著鼻水耶。而且最近都沒見到。」

「是嗎？是這樣的嗎？喂，小夢，這隻貓是女王？還是三角褲？」

鳥巢頭指著窗邊的白貓，朝著站在燒烤台那邊的小夢問。小夢烤著其他客人所點的菜，沒有馬上出來看。等著等著，白貓就消失在窗邊了。鳥巢頭指著冰箱，半抱怨半耍賴地說：「我說小夢啊，今天沒貼那個耶。就貓咪的那個啊。」

「你要看，我就貼。」

小夢在冰箱旁蹲了下來。那邊有個層架，夾著一些圖畫紙、筆記本之類的。木屐搖滾樂手朝著小夢的背影說：「我可是有大概把名字都記住嘍。」

小夢拿出來的，是八開大小的紙張。我大概一輩子都忘不了當紙上所畫映入眼簾時的「被打敗感」，以及那瞬間蕩漾開來的愉快。那時的驚喜，我至今依然記憶猶新，就像昨天晚餐的菜色一樣記得清清楚楚。

事件還沒結束。我的世界將大開眼界。

那張紙上用鉛筆畫著許多貓。畫風有點像漫畫，Q版大頭那種類型。註記了每隻貓的名字、以♂與♀符號代表性別、標記了像是年齡的數字。看似還用小字簡短寫著每隻貓的特徵。

「沒錯沒錯，就是這張。沒這張家族成員圖可不行啊。」

鳥巢頭好像很開心地說。

貓咪的，家族成員圖？

不是族譜，而是家族成員圖？

小夢從圍裙的口袋裡拿出了紅色磁鐵，將那張畫滿了貓的紙貼到冰箱的白色門面上。我仔細端詳那張家族成員圖，差點就要背起來了。那上面畫著十七隻貓。

橘虎斑「豆太郎」「大次郎」「花代」。
褐虎斑「社長」「總經理」。
賓士貓「托托」「可可」「翔太」。
黑貓「鼓棒」「波普」「史丁格」。
白貓「女王」「三角褲」。
玳瑁貓「大姐頭」「琉子」。
銀虎斑「夢來」。
以及三花貓「繪里」。

（在此為不太清楚虎斑毛色區分的讀者做個簡單的說明。橘虎斑又稱為紅貓，毛色明亮，非常親人。褐虎斑則指花色黑褐相間、直條紋，色彩組合像雉雞一樣的貓。銀虎斑則是像鯖魚一樣，直條紋的色彩組合是白銀色與黑色。玳瑁貓因遺傳關係，大多為雌性，毛色黑褐交雜，眼睛閃爍著跟HOPPY一樣的琥珀色。順帶一提，三花貓也是大多為雌性的。）

「唉唉，看來剛剛的還真的是女王啊。」

木屐搖滾樂手雙手交叉在腦後，送小夢一個爽朗的笑容。

「我們兩個都猜錯了，該付場地費了。妳要吃什麼？」

小夢擦拭著額上的汗水，聽聞此話總算露出微笑。她只要輕輕一笑，就讓人對她的印象大為改觀。雖然她不是圍牆上的貓，但她一笑，雙眸便洋溢著神采，閃耀動人。

「這就謝謝您了。那，我喝檸檬沙瓦吧。」

小夢拿出了新的啤酒杯，自己調了一杯沙瓦，回去燒烤台那邊了。

我趁這時鼓起了勇氣，向旁邊兩人搭話。

「請問一下，要付場地費才能玩貓咪賭博嗎？」

木屐搖滾樂手「啊哈哈」地乾笑了幾聲，而鳥巢頭則露出了他的金牙，以一種柔中帶剛的神情說道：「小兄弟，勸你可別說這麼冒犯的話啊。條子也會來這喝一杯的，要有人在搞什麼貓咪賭博，會被抓的唷。」

我「哦哦」地回著他，同時心裡又有疑問冒出頭來。

「那個……」

「我們又沒在賭博，是在跟貓玩啦。我們說的是『貓睹』啦。看！那裡有貓！大概是這種感覺的貓睹啦。」

「貓睹？」

木屐搖滾樂手點頭附和：「沒錯。這是叫做貓睹的小遊戲。」

「可是，你們說只是貓睹，但卻當沒人猜中的話就要付場地費給那位小夢？」

「嘿，不是這麼說的。」木屐搖滾樂手搖了搖頭，他的長髮隨之舞動。

「小夢她一個人很辛苦的呀。我們可是為了讓她喝個一、兩杯酒水，才說成是場地費的啦。真的，只是個單純的小遊戲。」

我小聲回了一句：「果真是這樣嗎？」趁著空檔連忙拿起HOPPY就口。

「小兄弟，你第一次來？」鳥巢頭搔搔鳥巢正中間，又露出了金牙。

「對。」

「你還真是一臉狼狽耶。」

「看得出來嗎？」

「嘿呀，看得出來呀。」

那是理所當然的啊。誰叫我整個下午都是一尊蠟像。不過，我已經將自身的痛苦拋諸九霄雲外了。

「請問，那張家族成員圖，那是那位……小夢畫的嗎？」

「喔，對啊。」

鳥巢頭點了一下他那顆大頭，刻意大聲說：「因為小夢很會畫畫啊。」

我們兩人不約而同往燒烤台那邊看過去，但小夢頭也不回。

「那是真的一家子的家族成員嗎？」

木屐搖滾樂手歪著頭，單手做出一個「天曉得」的手勢。

「新宿這一帶的貓啊，畫著畫著，牠們總是有些血緣關係，結果就不小心變成家族成員圖了。之前她是這麼說的。」

「不是族譜，而是家族成員圖？」

「嗯。就算是小夢，也沒辦法追溯出貓咪的祖先來畫族譜。那張圖裡有幾隻貓，最近也都沒出現。細節我們就不曉得了。」

「小兄弟，先別說那個了，烤雞串很好吃吧？」

「對，非常好吃。」

「小兄弟，你叫什麼名字？」

「啊，我叫山崎。」

「山崎什麼？」

「山崎晴太。晴朗的晴，太陽的太。」

「好，那就叫你小山，可以吧？」

「那你還問！」

嚇到我了。突如其來的這一聲，是燒烤台前的小夢發出的。

「你要那麼隨便就叫人家小山，那你就不用特地問人家的名字吧？」

其他好幾位酒客也露出了「是吐槽這點？」的表情望向小夢。

「好啦，所以就……晴朗的晴，太陽的太，就是小山嘛。啊哈——。」

鳥巢頭搞笑似地雙手亂舞，但小夢根本不理他。

「小山的山，是mountain的那個山嗎？」

從廚房最裡頭傳出來的這句詢問，感覺依然帶著點漏風。

「對，mountain的那個山。」

鳥巢頭小聲嘀咕了一聲：「除此之外還會有別的小山？」而小夢可沒左耳進右耳出。

「有啊。像是邪馬台國的邪馬[1]。」

「沒有人叫那種名字啦。」

鳥巢頭反駁了小夢後，拿起自己的啤酒杯跟我乾杯。小夢的眼光又回到了燒烤台。難得有緣，我與旁邊的兩位酒客後來喝了五杯HOPPY。但我再也沒向他們問起「貓睹」和貓咪家族成員圖的事情。

因為我想趁哪天有機會的時候，親自問問小夢本人。為什麼她了解這麼多貓？雖然我還不清楚這適合哪個節目，但我認為絕對能拿來當題材。不過早在這想法之前，當我看到貓咪家族成員圖的那瞬間，我就生出了一種念頭。那就是我這陣子都要上「花梨花」喝酒了。

1.「山」的日文訓讀與邪馬台國的「邪馬」同為「Yama」。

二

那時候的我，還只是個向知名影視企劃拜師學藝的新手——不，根本該說是垃圾般的影視企劃。我每一天都花在外包而來的工作上，內容是撰寫電視、廣播節目腳本所需的更初步的腳本。

順帶一提，我既是新宿的醉客，偶爾還會是蹲在黃金街停車場裡的愛哭鬼。

我想那時候與現在應該沒什麼變，影視企劃中也有百百種人。有像我當時的師父一樣出名、整天順著藝人到處喝的，也有像我這樣在暗處苦苦掙扎著往上爬的人。老是只能提些構思、寫些機智問答，卻從沒機會寫整場腳本的永遠的菜鳥。而且是那種就像裡面已經腐壞的蛋一樣，再也不可能破殼而出、成長茁壯的菜鳥。自由作家只是名字說來好聽，實則是真的要自由自在地寫自己的想法時，就會被師父挖苦的典型傀儡。

為何我會落得這步田地呢？這就是上天賦予我的人生嗎？我不時會對內心湧現的疑問感到苦惱。不知該何去何從，每天望著袋小路澄淨的天空嘆息。

學生時期，我就將熱情投注在電影、話劇這方面。我會自己寫劇本、演出小劇場，也會與夥伴們以8毫米底片來拍攝短片。我既沒有其他特長，對金錢或權力也沒有渴望到甘願賭上自己的人生，所以我曾覺得有人欣賞我所創作出來的作品，那就是我最棒的一條路了。我相信那是最適合我的路，也認為可以的話，我願意踏上那樣的人生旅途。因此我就先從電視台、電影公司開始謀職。

然而我這個人，一旦四周有什麼風向而我開始感受到同儕壓力，就會異常恐懼吧，然後就會一個人反其道而行。考大學的時候曾因此吃過苦頭，投入就業活動時也是一樣。周圍的人皆已採取行動，只有我還遲遲不肯動身。

我總算去了大學的就業中心看公司資料，那還是逼近就活解禁日才去的。想進入影視廣播或大出版社的學生們，手腳快一點的甚至在二年級左右時就四處奔走收集資料，所以誰勝誰負似乎已成定局了。不過那天徹底擊潰我的不是這點，而是更早之前的事。

就業中心的資料櫃前，擠滿了穿著西服套裝的學生們。尤其是電視局、出版社的資料櫃前，早已擠得像沙丁魚一樣了。我先暫且遠遠觀望一會兒，但等了很久人潮都沒有稍微舒緩，於是我只好穿著一身起了毛球的毛衣硬著頭皮擠進去。想著找幾本來看看，便伸手拿了赤坂電視台的檔案夾。

率先跳出的醒目字樣，寫著「色覺異常者不可報名」。彷彿小行星群在火星外圍碰撞，那冰冷的衝擊波無情地穿透了我。也許只有數秒鐘，也許更久一點吧，我拿著檔案夾愣在原地，眼睛盯著那行字來來回回看了不知幾次。

我將檔案夾放回資料櫃，接著又拿了六本木電視台與麴町電視台的檔案，打開來看看。同樣，印著「色覺異常者不可報名」。

我想我眨眼的次數有增多吧。虎之門電視台、曙橋電視台，連公營的澀谷八公電視台我都看過了。每個檔案夾都印著那行字。簡直像拿著印章蓋的，不，實際上就是白紙黑字蓋著「色覺異常者不可報名」的章。

是喔。是這樣喔。

我不能報考電視台啊。

什麼嘛，我怎麼都不知道呢。

為了冷靜下來，我必須深呼吸好幾次。我很失望。不過，我覺得無所謂。比起電視，電影更加適合我。儘管還殘留著些許被單方面告知不可報名的痛楚，但我依然認為未來是無限的。

於是我轉而去看看電影公司的檔案。

首先，我挑了東峰來看。翻開檔案的那瞬間，又看到了那行字。「色覺異常者不可報名」。我的腦袋一片空白。我咬牙吞下口水，再去看看東影與松竹梅。千篇一律。連電影公司也將我拒於門外。

我有點暈眩，甚至感到就業中心的地板在搖晃。於是單手撐著資料櫃，調整呼吸。待鎮定下來後，再繼續前往出版社區。那邊也是人滿為患。我只得抽了一間公司的檔案夾就馬上翻開來看。

還是不行。所有的大出版社都是「色覺異常者不可報名」。

那麼，廣告代理公司怎麼樣呢？傳通跟博識堂？

這也不行。我不信邪，連跟我八竿子打不著關係的業界也去看看了。看了一間證券公司。

「色覺異常者不可報名」。

同樣的章。

我想我在就業中心待了很久。當我離開就業中心、走過大學的鐘塔時，太陽已然西沉。

我都不知道出社會的門檻是長這樣的啊。

對啦，我是色覺異常沒錯。據說是當色彩偏淡便無法分辨紅色、綠色，稱之為紅綠色弱。之所以用「據說」這種事不干己的語詞，是因為我在實際生活中從不曾因此而遇過什麼障礙。只是在中小學的階段，鐵定會在健康檢查時被列為異常。就是那項以彩色圓點排列出數字、要學生唸出數字的檢查。我每次都會卡在這項檢查。

如今這個年代，逐漸以「色覺多樣性」取代色覺異常一詞，也逐漸不以障礙視之。不過，我小的時候可不是這樣的。老師們總說「啊——，你是色弱啊。你以後會很辛苦哪」。可是，也有其他男生是色弱。事實上，日本男性平均每二十人就有一人是色弱的樣子。女性的色弱佔比則是約五百人中有一人。

所以我太輕忽了。我曾認為色弱這種東西對男性而言，又沒什麼稀奇的，不會有什麼問題的啦。而且，我不能容忍自己對顏色的認知遭到他人揶揄。

因為，我用我的這兩只眼睛感受這個世界。我們所居住的這個世界，色彩鮮明得如奇蹟一般。既多采多姿，又閃閃發亮。走在下過雨的原野，葉片上滾動的水珠裡蘊含著所有的光輝。

鮮明的色彩是我的力量，也是我的依歸。雖然我在運動、音律方面都沒有天分，但我從小就喜歡畫畫。我還記得我創作了一幅學校老師無法理解的拼貼畫，當時就覺得只被那一個人不看好而已，不過那也沒關係，我還是覺得自己是有些才華的。會在大學時熱衷投入劇場表演、電影創作，也是因為確認了自己內在的才華是何種璞玉，期許自己出了社會能琢磨成器。

然而，整個社會砰地一聲，在我面前猛然關上了大門。若是應徵失利那還好說，但我連將自己是怎樣的人、對何種事物感動、從事哪些創作、過著什麼樣的生活展現給面試官的機會都沒有。

我回到住處，抱著膝蓋蜷縮起來，化為一顆會呼吸、會眨眼、會懊惱的陰鬱蕈菇。

那些就業中心的檔案中，也有一堆公司並沒有聲明「色覺異常者不可報名」。譬如像貿易公司。中小型的貿易公司，甚至從那一天起再開始準備面試也都來得及。但我無法想像自己在貿易公司裡上班。在東南亞賣拉麵啦、從中東買石油啦，或是在全日本推展炸雞連鎖店之類的。也許那些工作有那些工作的精彩所在，但我覺得另有更適合的人。無論我怎麼想，我都不是適合那種工作的人。

那天晚上，我苦思也得不出一個結果，便靠在狹窄的陽台上陪虎雄。虎雄是每天晚上都會出現的一隻橘虎斑貓，想要討吃的就會沒完沒了地唱歌。看來這一天牠也會沒完沒了地唱歌，無奈之下，我只得開了紗門。

「我遇上了麻煩，你卻都不曉得呢。」我一邊餵著小魚乾，邊用手指戳著虎雄的背。冷不防地，抱著孫子的房東太太從我住處的陰影中現身。

「怎麼了？遇上了麻煩？」

房間裡暗歸暗，但房東太太的表情仍清晰可見。滿頭蓬鬆的白髮之下，雙眼瞪得比平常還大。

「沒啦……就，有點。」

房東太太家就在隔壁。她的丈夫已經去世，當時是與長女夫妻同住。

由於約好是面交租金，所以我跟房東太太每個月至少會碰面一次。碰面的時候多少總會聊一下彼此的近況，房東太太偶爾會開口邀請：「來我家吃個飯嘛。」會邀我一起吃飯幾乎都是她次女從京都那邊的大學回家的時候，餐桌上總會擺滿啤酒和酎HIGH。房東太太及她的女兒們都喜歡喝酒。幾杯黃湯下肚之後，房東太太就會開始講古。戰後比起戰時還食物缺乏。即使肚子再餓，還是要去澀谷的舞廳跳舞。還有在舞廳認識的那些青少年。

那麼有人情味的房東太太用一種擔心的神情望著我。我不曉得該說些什麼，只好閉上嘴巴。不經意地搔了搔頭，小魚乾就掉在地上了。我連自己手上拿著些什麼東西都忘得一乾二淨了。

「嗯，那個啊，小山。」

房東太太點頭了一下，只有臉部下半部的表情放鬆。

「雖然我不知道你遇上了什麼麻煩……不過沒問題的，小山你沒問題的。」

房東太太只擠出這麼一句，再肯定地「嗯」了一聲。然後便撫摸著孫子的頭，回她家去了。

我沒有去忙就業的事情，就這樣過了一年後，領取了大學的畢業證書。

必須獨力生存下去。這我知道。但是，我不知道具體的方法。學生時代的朋友們已順利步入社會，而我為了餬口身兼多職，去當補習班講師、去黃金街酒吧兼差。

這期間，我試著撰寫電視劇用的長篇劇本。那是以腦死移植為主題的沉重劇情。我託了朋友的朋友請赤坂電視台的導演看看。

毫無反應。我特別穿上了新買的皮鞋，登門拜訪赤坂電視台的堡壘，也只得到一張堆滿歉意的表情，和一句「這種事情我們也很難為耶。」我差點就要脫口而出問他「請問真的有看過了嗎？」那個人，是職業棒球夜間轉播的導演。

那段日子，我真的沒有錢。因為儘管我靠著兼差以求溫飽，仍無法不去喝酒。那雙新皮鞋，我還是抱著要跳清水寺舞台的覺悟[2]才買的。

向那位「這種事情我們也很難為耶」的導演低頭哈腰後，為了省錢，我決定從赤坂徒步走到澀谷。距離並不遠，沿著青山大道直直走就到了。然而，新皮鞋卻不配合。走著走著，兩邊腳跟上方愈來愈痛，愈來愈無法忍受。我捲起褲管，看到襪子都染上血了。我的腦袋亂成一團，總之先靠著道路護欄，脫下鞋子。

夕陽照耀著整條青山大道。來來往往的行人在搖曳的金黃球體下閃耀著光芒。我的眼前矗立著汽車大廠的公司總部，進進出出的人們光鮮亮麗，與這繁華都市相映成輝。西裝看來所費不貲。鞋子皆輕盈又柔軟。而且每個人都生氣勃勃，帶著完美無缺的笑容。我的視線避開了那些男男女女所散發出的耀眼光芒，兀自以手指揉著皮鞋邊緣。

事隔一年，我遇見了師父。

那年，東歐境內發起了一連串的革命，整個世界起而尋求嶄新的秩序。

他一個人來到了我所兼差的那間黃金街酒吧。那天，外頭下著冰冷的雨，因此沒有其他客人。師父名叫永澤一樹，是各綜藝節目爭相拉攏的影視企劃。就連我都曉得他的名號，因為常常在綜藝節目的片尾看到。

不過當時，我並沒有發現到眼前這名喝著兌水威士忌的中年男子，就是永澤一樹。

「你啊，為什麼在這裡工作？」

調酒師與酒客，一對一面對面。也許他覺得，不聊幾句很不自然吧，所以才向正在料理油炸豆腐團的我隨口問問。我也老實以告：「因為我沒有錢。窮到連餵貓的小魚乾都沒有。」永澤先生開懷大笑。

事實上，要以補習班和酒吧的工作所得勉強餬口已經愈來愈困難了。當時我所租的房屋，已經因為遲繳而被斷電、斷瓦斯，連電話都被斷了。太陽升起，照得整屋子通明；太陽西下，整屋子灰暗無光。我就是照著這種原始的節奏在過日子。而且，其實才剛發生過一件大事。我

2. 京都清水寺的舞台原為表演歌舞以酬謝觀音菩薩之用，高約十二公尺。據說當願望得以成真，則一躍而下者可毫髮無傷；不幸死亡者亦得以成佛。引申為抱持著背水一戰的覺悟。

對這位唯一的客人，開始講起了幾天前的事情。

那天晚上，補習班的工作結束後，就快到我的租屋處時，便看到停著一輛工程車，上頭的發電機還在運轉著。輸送電力的線路連到我租的屋子裡。而且不知為何，應該漆黑一片的屋內燈火通明。

我心裡唸著是怎樣、是怎樣、是怎樣，連忙衝到門口。房東太太抱著孫女站在門口。我反射性地鞠躬道歉「對不起！」接著房東太太也低下頭說：「對不起，給你添麻煩了。」我搞不清楚怎麼回事，看到自己應該上了鎖的房門敞開著。裡頭站著一位頭戴安全帽的大叔甲。

大叔甲問我：「喔喔，你就是住在這的人詑[3]？」接著用濃重的口音向我說明到底發生了什麼事。

就是隔壁家的水費每個月都超過十萬日圓啦。調查後發現，是因為你屋子正下方在漏水。如果不處理的話，房子地基會淘空的，所以現在才剛開始進行挖水管的大工程。只要兩、三天就會填補起來了，放心啦。歹勢啦。

房東太太也在旁點頭稱是。她孫女朝著我伸出雙手，送給我一個天真無邪的笑容。

那房子的生活空間約三坪大，廚房約一坪半，另外還附有浴室、廁所。廚房已經沒了，被挖開了個大窟窿。窟窿裡還有另外一位大叔乙，正拿著鏟子挖土，堆到大叔丙的工地一輪車上，而大叔丙已經在我的浴室鋪好了藍色帆布墊待命中。我的房子早就淪為工地現場了。從玄關到三坪大的生活空間也到處都被挖了洞，洞的上方還有木板橫跨著。彷彿對我說著：「小兄弟啊，你可要走好嘍。人生這條路，可別踩空嘍。不要踩空，小心走唷。」

房東太太交給我一個信封，又說了一次「對不起」便離開了。

三坪大的生活空間也鋪著帆布。我就在大叔們的工地旁裹進棉被裡。信封裡裝著三張一萬日圓紙鈔。這可真是相當稀奇的經驗啊。

最後，如大叔甲所預估的，兩天就把窟窿填起來了。隔壁家的水費恢復正常金額，而我的房間充斥著水泥臭味，虎雄則在那之後沒再出現過了。電力、瓦斯和電話依然被斷著，但不知為何，大叔甲只留下三坪大的帆布墊給我。房東太太給的三萬日圓和那張帆布墊，成了我的戰利品。

3. 音同逆。台語疑問詞。

「欸，我很感動呢。」

講完這句話後，永澤先生笑道：「你也喝吧。」便為我點了酒。

然後他突然提起這件事情。

我是碰巧要避雨才偶然進來這家店，然後就也跟你有緣。我問你，你有沒有興趣跟我一起製作電視或廣播節目？

「你的故事很有趣耶。你有才華。在這裡工作是也好啦，但你不覺得應該會有地方能讓你更大展身手的嗎？」

這位綜藝節目的巨擘，緩緩地拿出了他的名片。

「我是永澤一樹，影視企劃。你知道嗎？雖然我的事務所很小，但承接了很多節目。你看起來很能幹，要不要從頭打拚看看？」

實在事出突然，我一時之間天旋地轉。我記得我只說了一句「久仰大名」，然後就愣在原地了。

「太可惜了，你還這麼年輕。要是不拉你一把，你搞不好會被酒毀了。所以我說啊，好好工作才對。你要不要來幫我做事呀？這對你未來才有幫助嘛。」

從來沒有人對我說過這樣的話。藉著酒力，我不知不覺開始一股勁兒地聊起自己的事情。包括以創作來獨立生活的想法。包括我曾自己寫了劇本，請赤坂電視台的夜間轉播導演看過。包括那位導演給我的反應不是很熱烈。包括我之所以沒有正職工作，是因為我無從進入公司體系。包括我本身是個色覺異常者。

「傻了啊。那種事情，根本不成問題的啊。」

永澤先生時而微笑、時而點頭地聽我訴說。當我說到眼睛的事情時，他用強烈的口吻斬釘截鐵地說：

「在意那些事情太不划算了啦。就只是色彩感知跟別人有點不一樣而已，要當個影視企劃是完全沒有問題的。倒不如說啦，假使你想製作節目，就絕對不能去當電視台的正職員工。因為那大部分都是做一些業務啦、會計之類的工作。我告訴你，我可是高中肄業的喔。雖然我沒學歷，但我可是緊咬著機會不放的，憑著毅力做到現在。這種人其實挺多的。所以我說啊，你應該投入像我這樣的人底下做事。好啦，決定了，跟我一起做事吧。你的未來可是充滿希望的喔！」

永澤先生單方面地伸出了手。我躊躇了一會兒，才伸出手來跟他握手。

就這樣，我開始出入永澤先生的事務所，位於代代木一棟商業大樓的頂層。當然，我不是正職員工，只是來當影視企劃的見習。就像有點年紀了的學徒一樣。

首先交給我的工作，是永澤先生所企劃的三個情報節目的調查研究。這真是超乎想像地忙碌，光是調查及準備採訪，轉眼間就花了好幾天。這一年，我的休假日寥寥可數。但欣慰的是，總算靠著這份工作拿到了相當於新進上班族的薪水。

然而從隔年開始，各電視台的事情突然繁重了起來。

比較好賺的，要算是曙橋電視台的情報節目。這份工作需要先做好事前計劃，再將採訪來的內容整理好。我除了要以調查特派員的角色協助採訪之外，還必須在每週例行的會議中交出十份企劃。

其次為麴町電視台的特別節目《星球一周Quiz》。若參加者持續正確回答該節目的問題，即可獲得國外旅遊的機會。有許多挑戰者踴躍報名，是全日本都愛看的節目。為了這麼一個節目，我每週要開兩次固定會議，皆是從下午一點至十一點，整整十小時。不僅要思考節目內容，每次的會議都必須提出四十道機智問答及其解說。若國外旅遊的主題已定，則連要在何地、做什麼遊戲，都會永無止境地被要求提出想法。

還有一個節目是若葉廣播電台的工作，位於四谷站步行約十分鐘左右的地方。他們有一個長時間播出的午間新聞節目，而我每週要負責其中一天，那天自早上六點就要到場。節目內容會針對一個主題，從諸多方面進行深入的探討。假設當天是以熊襲擊人為主軸貫穿整個節目，那麼我便必須去找熊類專家、動物園飼育工作者、山林學者、養過棕熊的作家、裝死卻仍被咬掉半邊屁股的人……等等等等，並一一致電給他們、商量上廣播節目的事宜。還要給主持人寫好問答腳本，同時也要負責與擔任現場來賓的歌手或女星協調好。

就光這三個節目，要維持每個星期都完成，談何容易。企劃十份、機智問答共八十題。業界裡跟妖魔鬼怪沒兩樣的人們會出席會議，看我提交出來的作品。我必須讓這些人沒什麼太大的意見，頂多沉吟沉思一下，以此維持我的工作量。

即便如此，當我拿到了影視企劃的名片、開始在各家電視廣播來回奔走，我的興奮依然勝過了痛苦。才不過一年前僅以兼差所得勉強餬口的人，現在居然離電視中的女星如此之近，還可以問她「會覺得可以在牠旁邊睡著的，是什麼熊？」再當場寫成腳本。我所寫出的句子，會由主持人唸出來。然後隨著訊號傳到幾十萬人不止的耳裡。我的人生確實開始充滿希望。

然而，又過了半年左右，我突然陷入窘境。什麼也寫不出來。腦袋無法思考，想不出什麼好構思。我甚至去倒立，仍舊一粒小點子都沒掉出來。

桌上堆滿了雜誌，我是真的邊哀號邊翻著，看看會不會碰巧捕捉到新聞專題或機智問答的題材。我開始每星期必熬夜個兩、三天。我已如此燃燒自己，還是連一個採訪題材都寫不出來。寫不出一份令人滿意的企劃，又要在會議上成為眾矢之的、被罵個狗血淋頭。絞盡腦汁寫出來的機智問答，也當著自己的面被當成一文不值的垃圾。

當天邊都已泛起了魚肚白，我還在努力寫著機智問答。連我自己都知道我寫出來的東西平淡無味不夠看。我想像得到迎接我的將會是場怎樣的會議，不由自主地身體狀況愈來愈差。可能是因為連續熬夜，導致自律神經紊亂，讓我忽地發熱、忽地發汗。即使如此，我還是無法戒除酗酒習慣，所以應該也對肝臟造成了負擔。

如我所料，麴町電視台的特別節目不久之後就開除我了。取代我的，是永澤先生事務所旗下一位名喚摩利先生的影視企劃來負責機智問答。那個人的體態跟北極熊一樣龐大。永澤先生把我叫到麴町電視台旁的咖啡店，苦著一張臉對我說：

「我跟你說啊，有些時候必須要捨棄自我啦。反正，你自己本來就不是什麼了不起的人物。」

我只能垂著頭，應道：「對不起。」

「這業界有這業界的遊戲規則，如果你不照著走的話，可就玩不下去了喔。你把自我完全捨棄一次吧。你要想想，你鞠躬盡瘁為的是什麼，為的是那坐在客廳看著電視的幾千萬人啊。」

幾千萬人……這是永澤先生很愛用的詞彙。只要講到這個詞彙，永澤先生必定目泛淚光。

「你想想，一家之主工作了一整天，筋疲力盡地回到家裡，喝著啤酒、打開電視。你這時候要餵他那些清高的東西，這可就讓他倒足胃口啦。你要說什麼大學時就嚮往著這樣的藝術，拜託，那全是狗屁。真的，把你那些自我捨棄掉啦。不過話說回來，這也跟合不合那些導演口味有關係，所以我再給你一次機會。好好做啊。」

然後派給我的工作，是赤坂電視台的機智問答綜藝節目。怎麼又是機智問答啊——老實說，我都快反胃了。果不其然，我不適任。慘況從未好轉。寫了五十道問答卻只有一道被採用，就是鐵錚錚的事實。

不對，實不相瞞，還不只這個問題。我對自己的社經地位也很苦惱。跟我年紀差不多的電視台正職員工，對我用的是一種上對下的命令態度。畢竟我算是承包商業者，這種人情冷暖也是無可奈何的。但總忍不住會想，若當年就業時沒有那樣的差別待遇，今天的我會是如何呢？我開始埋怨這個世界，也開始有點憎恨。

還有另外一點，我也開始懷疑我與恩師永澤先生之間的情誼。也可以說，不論做人做事，我都沒一個做得好的。對那樣的我來說，在花梨花消磨的時光開始別具意義。

三

去了花梨花幾次之後，小夢終於肯稍稍給我微笑了。每當拉開玻璃門的那瞬間接收到了她的那個表情，我就有一種回到自己家的放鬆感。

如影隨形的負面情緒，我想是由於社會與我之間有道無法跨越的鴻溝吧。住處的窟窿還有大叔們幫我鋪木板，但這道鴻溝卻必須由我自己設法克服。

只是我至今依然做不到，徒然任由日子一天一天地過去。就是這個毫無用處的我，以各家電視廣播的累贅之姿，以永澤事務所大型廢棄物之姿，以我自己無盡嘆息的罪惡根源之姿，苟延殘喘在這世上。

望著人來人往，一股只有自己身處他方的疏離感油然而生。我曾認為那也是無可奈何的事情，畢竟我所見到的世界異於常人。

在花梨花飲酒，讓我得以從混雜著渴望與苦楚般隱隱作痛的失落中釋放。也許小夢和大部分酒客都跟我同病相憐，是一群與社會有些隔閡的人吧。

花梨花會在下午五點開始營業，只要有客人就會開到黎明。小夢會值班到大約晚上十點，之後會輪到店長阿功先生顧店。

阿功先生酒不離身，還沒五十歲，手就已經在顫抖了。他的每一句話都個性十足，富有深意。

他說：「稱許有術，就算是豬也爬得上樹。小山啊，你要好好稱讚自己才行喔。當你覺得自己沒有什麼值得稱讚的時候，不論多麼微小的事情都要找出來稱讚一番。接著重要的是，爬上樹之後要下來。上了樹之後抱得緊緊的死不下來，這是最糟糕的。下不來的傢伙，很難看的啊。因為最後在樹上吊死結束人生的傢伙，多得去了。」儘管酒精讓他口齒不清，但卻堅定地極力如此主張。

不過，我還是比較想跟小夢聊，管他想睡覺還是累個半死，只要有時間，我就去花梨花報到。當那台舊型空調開始會發出運轉噪音，我也已經加入了熟客間的「貓賭」。

說是說在玩小遊戲，但「貓賭」的本質依然是賭博。再加上喝了酒，大家各自的本性便顯露無遺。出入花梨花的酒客，什麼樣的人都有，在這裡可看盡人間百態。

我的「貓賭」出道戰，對手就是鳥巢頭。我仔細端詳著貼在冰箱上的貓咪家族成員圖，決定要押橘虎斑貓豆太郎。因為之前已經看過好幾次牠出現在窗邊，所以我基於機率可能便猜牠。鳥巢頭則猜黑貓鼓棒。有雙金色大眼的鼓棒，也常出現在水泥圍牆上看著店裡。

豆太郎的體型稍微小隻了一點，一開口叫，舌頭就會往斜前方伸出。據小夢說，豆太郎是個警覺心不高的男生，想討什麼東西時就會隨便跳到人家膝上。

小夢真的對每隻貓的個性都摸得一清二楚的。不過她對「妳是在哪裡認識這些貓的？」「妳怎麼對這附近的貓這麼了解？」諸如此類的問題，皆不予回答。頂多只答了一句「因為，我喜歡貓」而已。然後她會立即轉身回燒烤台前。

話說回來，我值得紀念的「貓賭」首戰，結果出現的是橘虎斑貓花代。看到臉的那瞬間，我還想說該不會猜中了吧，都已經要擺出小小的勝利姿勢了，但接下來才看到牠的體態臃腫地明顯不是豆太郎。

「看吧，很難吧。怎麼可能猜中嘛。」鳥巢頭朝著燒烤台前的小夢喊道：「喂，小山說要付場地費啦。」

橘虎斑貓花代一直在水泥圍牆上看著店內。直到看到小夢正走近我們，就在窗外大聲喵喵叫了起來，就連隔著窗戶都聽得到牠的叫聲。

「花代很可愛，但是牠的貓拳很兇猛的喔。有什麼想要吃的，牠會毫不客氣地搶。」

聽說小夢曾經被花代抓傷。看來她果然是在某個地方認識這些貓的。不過，我不打算問她。一方面是因為我早就明白至少在店內的話她是不會告訴我的，另一方面是假如真有機會能問，那也會是一個對我和小夢而言具有特別意義的時間點。

鳥巢頭是個情緒起伏劇烈的大叔。他有時候會對「貓賭」興致勃勃，有時候則默默地一個人喝酒。他心情不好時，就不太會搭理人。戴著他的墨鏡，像塊朽木般頹喪地喝著他的悶酒。他甚至偶爾會帶一些凶神惡煞般的男人來店裡，言行彷彿是故意要談錢讓別人都聽到似的。套一句小夢說的，那些男人是「沒血沒淚的炒地皮」。也就是說，鳥巢頭可能在工作上跟那些傢伙有什麼關聯。

木屐搖滾樂手則是一個鮮明的對比，他很隨和，跟誰都能聊。但他的隨和感似乎是來自於與人保持距離。譬如鳥巢頭帶一些可疑人士來店裡時，他絕對不會靠過去。他對我也不會開門見山地問：「你是在做什麼的？」

花梨花窄小的廁所內，貼滿了樂團、劇團的傳單。其中居然有一張《木天蓼Peace》的樂團宣傳，是由木屐搖滾樂手擔任貝斯手。照片中，他和其他梳著同樣髮型的男孩們拿著自己的樂器。其他成員的表情都像是在瞪人一樣，只有木屐搖滾樂手一個人露齒而笑。這張照片讓人一眼就看出來只有他很隨和。

不過，說不定人類這種生物，不論表面上再怎麼溫和，背地裡還是會有隱藏起來的真正心聲吧。木屐搖滾樂手一定也會有厭倦表現隨和的時候。笑臉迎人的，但其實在拒絕——偶爾會看到他散發著這樣的氣場喝酒。

木屐搖滾樂手常常抽一些捲菸狀的東西，不曉得內容物是什麼。不是大麻或古柯鹼。他隨身帶著捲菸用的工具，不管什麼東西總之捲起來抽抽看。路上撿來的菸蒂大雜燴、紅茶、綠茶、香蕉皮內側的白色纖維、花生殼、裸體寫真。他會點燃這些東西來抽，再劇烈地咳到不能自已。

順帶一提，看過《木天蓼Peace》現場演唱的小夢，曾說過他的事情：

「因為他老是抽一些奇怪的東西，所以那時候他中途突然呼吸困難，像一隻缺氧的孔雀魚一樣張嘴喘息。」

小夢和熟客們都稱呼女裝老爸為「石榴小姐」。當我第一次見到石榴小姐打開玻璃門入內時，總覺得自己懂了為什麼大家如此稱呼他。

聽說他將近六十歲了，不過他出現時都戴著金色妹妹頭假髮，濃妝豔抹得簡直可以像面具一樣整片摘除。外套與迷你裙是成套的紅色亮片材質，腿毛剃得光溜溜的，穿著網襪，腳蹬細跟深紅高跟鞋。被熟客調戲了，就會啪嗒啪嗒地眨著足以掀起颶風的濃密假睫毛，扭腰擺臀地嬌嗔「討厭啦～」。紅色亮片妖豔地一閃一閃的。

「這個人啊，是歌舞伎町『Jealousy谷間』這家女裝俱樂部的會員喔。他都把這套衣服放在那邊，下班順路繞過去變身成這身紅通通妖怪的樣子，到處招搖發騷的。」

曾有個晚上，喝醉了的鳥巢頭就在石榴小姐旁邊毫不避諱地抖出來。不管別人怎麼說，石榴小姐都只會一個勁兒地回「討厭啦～」。但每當被爆料說他其實有一個在亞塞拜然留學的兒子時，就會瞬間出現低沉的嗓音：「喂！說過了不准提的！」

在那誇張的假睫毛之下，石榴小姐的眼神回復成男性本色。銳利地彷彿銀行融資部門在審查企業的資產負債表一般。

「啊哈——，抱歉抱歉。」

儘管鳥巢頭已老實地道歉，但石榴小姐依然維持著那樣的眼神，任由煙霧繚繞，豪邁地狂灌HOPPY。

那時候，我禁不住猜想，該不會石榴小姐跟鳥巢頭在工作上有什麼往來吧。

石榴小姐喜歡閃閃發亮的穿著，從小夢手上接過菜餚時總是過度地扭腰。他努力想表現出女性的樣子，結果卻只會讓自己落在女裝男性的象限，散發出來的感覺完全與真正的女性搭不上邊。譬如，問他要不要來玩貓睹，他一定會裝腔作勢地說：「討厭啦～，人家早就想玩了。」但貓睹其實不容易猜中，他就會對著出現在窗邊的貓粗野地吼罵：「喵什麼喵，混帳畜生！」

這世間如此寬廣，無奇不有。就連這副模樣的石榴小姐，都有男人獻殷勤。他自稱任職於製藥大廠內的課長，卻從未拿出名片過，所以也沒人知道是真是假。目測年齡四十出頭，由於他愈挫愈勇，而被大家稱呼為「Guts先生」。

Guts先生的酒量似乎不是太好。喝到酎HIGH的續杯，他就已經整個人搖搖晃晃的了。即便如此，他仍然會挺直背脊、姿勢端正地吃烤雞串。

然而，看到石榴小姐出現的時候，Guts先生的態度就會一百八十度大轉變。才剛看到Guts先生目泛淚光地望向石榴小姐，下一秒他就已經變了一個人，嘴裡不停地唸著：「妳好可愛喔。妳好漂亮喔。」只要有空位，他一定會擠到石榴小姐旁邊，因此石榴小姐似乎在避著他。

不過還是有機會會遇到Guts先生坐到石榴小姐旁邊的機會。有一天晚上，我就恰巧碰到這種情況。

石榴小姐背對著Guts先生兀自灌著酒，而Guts先生一臉興高采烈地對著石榴小姐說著些什麼。

「渾蛋，給我差不多一點啊！」

這聲突如其來的怒吼，是來自石榴小姐的。我還搞不清楚發生了什麼事，只見石榴小姐一把抓起Guts先生的領口，以完完全全男人的低沉嗓音警告：「別搞錯了啊。老子我只是愛穿女裝而已啦！」

石榴小姐的手勁挺強的。Guts先生不由自主地被拉過去，領口被揪成一團無花果大的結。在座的客人們紛紛「好了好了好了」地緩頰，情勢這才穩定下來，不過我想Guts先生差一點就要挨揍了。

石榴小姐對我們這些熟面孔和小夢也怒氣沖沖：「你們怎麼都不幫我啊！我處境這麼危險耶！」

我們面面相覷，臉上寫著「就算這麼說也愛莫能助啊」。Guts先生則哭喪著臉，直唸著「對不起、對不起」便奪門而出。

幾天後，Guts先生又挺直了腰桿再度現身，一臉開朗地嚼著烤雞串。石榴小姐一出現，又整個人貼上去。Guts先生果然是不屈不撓的啊。

當然，花梨花的酒客也不盡然全是這麼充滿個性的。大部分的客人穿著都很一般，而且即使人生過得自由率性，也並不會將真實的內在顯露於外。人呀，果然還是要聊過才算有認識。

譬如歌舞伎町裡的SM俱樂部女王，娜塔莎小姐。年約三十五歲上下，身材保持得很好，服裝優雅俐落，談吐也非常理性。既是娜塔莎小姐的客人，聽說也是她情人之一的蛋頭先生，是位頭髮稀疏、繫著領帶、笑容溫和的人。擔任知名升學高中的生物老師。

這對情侶大多會邊喝邊聊一些哲學性的話題，如「何謂心？」

以生物學的角度，自生物開始有記憶起，即為心之起源。蛋頭先生這麼說完，娜塔莎小姐便反問，在有記憶以前的本能又是從何開始的？抑或是本能也是記憶的一部分？在不認識他們的人眼裡看來，搞不好會以為這麼知性的兩個人，應該是學者夫妻吧。

但其實娜塔莎小姐的另外一面，肯定對著脫光光的蛋頭先生滴蠟，尖聲狂笑：「呵呵呵，這是給你的獎勵唷。」儘管我再如何也無法想像那樣的娜塔莎小姐，不過既然她本人都那麼說過了，就當她會在深夜的某處化身為「呵呵呵」的人吧。大概是因為女性客人很少吧，小夢對娜塔莎小姐似乎比較親切一點。

小夢也常傾聽這兩人的對話。她會點著頭，半開玩笑半認真地跟娜塔莎小姐講悄悄話：「哼嗯——，下次請穿女王裝來嘛。我會招待烤雞串給妳的。」

其他的客人也是形形色色。

肌肉猛男鋼鐵先生，都四十幾快五十歲了，還壯得能一次舉起三個啤酒箱，裡頭還是各裝了二打大瓶酒瓶的呢。

他說他年輕時對自己的肉體沒什麼自信。不過，在因罪入獄後，想法就不同了。「因為啊，在牢裡有很多閒暇時間嘛。也不知道幹什麼，就開始鍛鍊肌肉了。想說每天做伏地挺身五百下，那我的身體會怎樣咧。」

這項修練，「讓我的身體跟鐵打的一樣」。這樣的轉變，「就讓我想去做一些用體力的工作」，於是出獄後，邁向了健身房訓練師一途。

不過，聽木屐搖滾樂手說，鋼鐵先生常常藉口「今天沒帶錢」賒帳就跑了。店家當然會記帳，月底時跟他要，但他都會跟好幾個客人借錢去湊賒帳的金額。

「我是在想啦，鋼鐵先生搞不好是因為小額詐騙被抓的。」木屐搖滾樂手如此推理。不過鋼鐵先生也是會看人的吧，像他就從來沒跟我提過要借錢。

還有一位中年的劇團表演家，只要喝醉了就會高談闊論。他三不五時掛在嘴上的話就是：「現在的年輕人成就不了一個時代。」

其他的客人當然不滿「幹麼這麼說？」這位表演家便會一副等這句話很久了的表情，一隻手拿著HOPPY的啤酒杯站起來發表他的高見。

「推動時代的，是很單純的物理問題，就是那個世代的人數多少啦。戰後嬰兒潮這個世代能夠推動整個時代發展，就是因為他們人數眾多。你們這些人啊，像小山就是夾在中間的世代。不管你們怎麼做，現實上就是輸了，所以你們就是成就不了一個時代。」

大部分的客人頂多只會皺皺眉頭、不予理會，我自己也從未掛懷。畢竟他說的話裡也有幾分算是有道理。不過，也有些客人比較容易被激怒，因此偶爾也會有人怒斥：「吵死了，閉嘴！」然後這位酒品不太好的表演家就會回嘴：「你才閉嘴！你這文盲！」

這種關鍵時刻，年約五十歲的街頭藝術家「小拉」就會吹響調停的哨子。

小拉結束工作後，就直接穿著花花綠綠的服裝來店裡。他沉默寡言，沒聽他說過幾句話，但他的黑色包包裡裝著小號、笛子之類的吹管樂器，有什麼事情發生就會拿起來吹。

支持的球隊獲勝了、誰的笑話讓大家都笑了，或是單純他自己心情好，他都會吹起笛子。要緩和快吵起來的緊張氣氛、支持的球隊輸了、有誰淚眼婆娑的，這時候他也會吹起笛子。只有當他知道在場酒客有人生日，或是有誰「貓賭」猜中了，他才會拿出小號。金屬管樂器那清亮高亢的音色，就在狹小的店面空間裡炸裂開來。

每次小拉出現的時候，小夢都會臉朝下偷偷微笑。小拉也是，一見到小夢就會浮現笑容，讓鼻子旁都堆起皺摺。我看著這兩個人，心裡有種什麼燈被點亮的感覺。但同時又心裡不太舒服。

「貓賭」並不容易猜中，因此客人們大多會付場地費給小夢。不過，倒也沒有客人輸個兩、三次還硬要付那幾次的場地費。其實也就像入園費那樣的意思吧。「貓賭」這遊戲是凝聚了大家的默許與認同，為了對畫出貓咪家族成員圖（說起來就像賽馬排位表）的小夢表示敬意，才以這樣的形式請她喝一杯或吃一點東西。所以十點小夢下班後，輪到店長阿功先生顧店，玩「貓賭」的客人就會一口氣減少，也不會聽到有人提議要請喝一杯當作付場地費。

小夢都會點檸檬沙瓦兩杯左右，加上烤青椒或烤飯糰來當場地費。畢竟她從開店前的準備開始到晚上十點都在工作，稍微吃點東西補充體力也無妨，不過似乎僅限於由客人提出要付場地費、表示「妳要點什麼都可以」的時候。

在廚房裡忙碌的小夢還是一樣面無表情。她會露出淡淡笑容的時刻真是屈指可數，譬如在小拉吹著笛子出現、石榴小姐扭腰擺臀、跟打開玻璃門的我四目相交的時候。

「妳要點什麼都可以」的時候則例外。她臉上掛的不是淡淡的微笑，而是開朗的笑容。這時候的小夢笑起來的眼睛，說不定比圍牆上看著店裡的豆太郎或花代還明亮。

倒是，我從未見過小夢用餐時的表情，因為她只要面前有食物，總是會背對我們。她的臉會貼近盤子，用手腕遮著食物。這樣的防禦姿態可不像一般人，簡直像是怕食物被誰搶走一樣。我感覺自己似乎見到了不該看到的事情，於是我移開了目光，不去看她。

不只我這樣，就連木屐搖滾樂手、石榴小姐，在小夢背對大家的時候都不會跟她搭話，而且似乎也避免望向廚房。儘管沒有人說些什麼，但我想是有某種體貼的默契吧。

打開天窗說亮話，我時不時地會覺得，小夢每天晚上面對著這些與社會體制格格不入的客人，其實她自己才是最與社會體制格格不入的吧。多數人會笑出來的事情她不笑，在莫名其妙的地方反應過度而大吼大叫，或是突然悶悶不樂地默不吭聲，讓人搞不清楚她在想什麼。自己的食物總是遮遮掩掩，貓咪們的情報一個字也不肯吐露，這些事情愈想愈奇怪。我承認我對小夢的這些地方感到訝異，但我絕對沒有感到厭惡過。倒是我自己內心悄悄萌生的感情跟厭惡是完全反方向的，這才開始困擾著我。

四

師父永澤先生每個月會將我應得的款項匯給我。我開始能稍微存點錢，電話、電力、瓦斯等等也沒再定期被斷了。喝完酒的隔天，也不會再看著空空如也的錢包嘆氣了。

然而這也意味著，我只能以永澤底下一員而生，除此之外別無他法。為了撐住永澤先生這位影視企劃界的巨擘，包括我、摩利先生和其他員工皆必須辛勞奔走。而這還不只節目方面，連生活方面也是。

我常接到永澤先生他太太的電話。他太太都會冒出讓我驚恐的話，像是「聽說他今天晚上又要去你那邊叨擾了？」每次接到，我都必須瞬間判斷狀況，幫永澤先生圓謊：「是的。今天會在我這裡，邊喝邊開會。」

永澤先生在哪裡、在做些什麼呢？我是可以想到幾個女的（其中也有藝人），但具體上他們的行動，我則完全不知情。只能說，永澤太太會打給我，那就表示永澤先生肯定是「信賴」我，才利用我的。既然如此，身為門下弟子就應該演好這一齣戲。只有一次，永澤太太要求

「能將電話轉給我先生嗎？」我嚇到腋下都流汗了，隨口編個謊言「他睡著了，吵醒他的話我會被揍的。」然後直接掛斷電話。

當永澤先生的情緒達到某個高峰的時候，就會習慣性地出現「打鬧」這樣的行為。有些是可以當成充滿疼愛的一拳，有些則是小小開開玩笑的一拳。不過，當永澤先生病態的執著開始發作猶如水壩潰決的時候，就必須當心了。

永澤先生第一次去花梨花的那天晚上，他也打過我。那是十一月底，開始颳起寒風的時節。

那天是我第一次向永澤先生說起貓咪家族成員圖的事情。因為窗外像平常一樣，出現了好幾隻貓，每次貓咪出現時永澤先生都會歡呼：

「我最喜歡貓了！」

於是我邀他玩「貓睹」。當天，恰巧鳥巢頭、木屐搖滾樂手、石榴小姐和娜塔莎小姐等熟面孔都不在。儘管以熟客的標準來說我還只不過是個新來的，我仍以一副老早就對這裡熟透透的樣子向永澤先生說明這個簡單小遊戲的玩法。接著我告訴他貓咪家族成員圖的事情，以及畫者本人就站在燒烤台前。不出我所料，永澤先生叫道：

「天啊，我好感動！」

這句話應該是發自真心的。永澤先生特別站了起來，給我拍拍手：「你真厲害哪，你是天才吧！」小夢也高興在心裡的樣子，給了個難得一見的笑容：「這沒什麼了不起的。」

我請小夢將貓咪家族成員圖從冰箱上拿下來給我們看。的確是也想給永澤先生看，但說實話，是我自己想就近仔細觀看。

這張圖是用鉛筆畫出十七隻貓，而我已經目擊了其中十一隻。雖然手畫的貓咪圖像帶有漫畫風，但在我心中這些圖像是代表著有血有肉的生命的。

我與永澤先生就賭上今天的酒錢，啟動「貓賭」遊戲。永澤先生猜賓士貓托托。因為那天圍牆上還沒有出現過賓士貓。我就隨便選了銀虎斑貓夢來。還沒過十分鐘，出現的是一隻黑貓。牠那雙金黃色的大眼瞅著並肩坐在吧檯座位上的我們。對照一下貓咪家族成員圖，那應該是鼓棒。圖上註明著「金色雙眼，老了」。出現的那隻貓有些地方禿了，的確是有老了的感覺。永澤先生沒猜中也不放在心上，趴在吧檯上笑翻天。

那一天又玩了兩次「貓賭」，兩個人都沒猜中過。每次現身的貓總是落在預料之外，我們兩個人就會激動地稍微起身，喊著意義不明的話語，然後點檸檬沙瓦請小夢喝。

永澤先生的情緒相當激昂。他來回看了看貓咪家族成員圖，又看了看小夢，不停地對我說：「這能用、這能用耶。」

「這根本就是綜藝節目嘛。應該能拿到節目的一個單元。真多謝你帶我來這啊。」

永澤先生伸出了手，而我則遲疑了一番後才跟他握手。不過，我對永澤先生所說的事情，既無法接手，也無法應和。我結結巴巴地說：「那個……那個……」

「怎樣？」

「那個……我覺得這樣不太好……」

那當下，我並非有什麼迷惘猶豫。我很清楚如果我徹底扮演門下弟子的角色，這樣的話至少那天晚上可以圓滿收場。但是，我也喝醉了，無法壓抑內心真正的心聲。這個只有花梨花的客人才會玩的「貓睹」、小夢親手繪製的家族成員圖，這一切的一切我都不願讓他用一種輕浮的態度搶走。我就是這麼想的。

「你幹麼啊。不太好是怎樣？」

永澤先生的嘴角彎曲起來。雖然臉上還留著笑容，但我可沒看漏他藏在底下正在醞釀的激動。所以我先說出了「對不起」，同時低下頭。

「什麼，對不起什麼？」

「不是啦，就……」

「你有什麼不滿就給我說。」

我這位師父還掛著一絲笑意。所以更加令我恐懼。

「你就說呀。沒有其他構思比這有趣的吧。把它當成節目的一個單元，肯定能大賺一筆喔。」

「雖然我也這麼想啦，但是……」

「什麼啦？」

師父的眼裡閃爍著光火。

「那個，就是說我也有這種想法啦。」

「哦？」

「小夢的貓咪家族成員圖，還有大家在這裡玩的遊戲，我覺得這些都是這群人的原創智慧。尤其是這張家族成員圖……。所以，我想說要更加珍惜。」

「你真什麼都不懂耶。我也是想好好珍惜，才會特別納入節目裡的啊。讓全日本都歡樂起來不是很好嗎？那邊那位小夢也可以當解說人員出來亮相啊。也可以當成這間店的宣傳，對吧？」

「是。」

我又低下頭去。我能感覺到小夢盯著我看。也許是因為這層關係吧，我脫口而出了我平常不可能會說的話：「對不起。但是，既然這樣……」

「既然這樣，怎樣？」

「那個……既然這樣，要不要就讓我做？能不能讓我獨當一面用心來做這個節目呢？」

永澤先生哈哈大笑。然後用手指頭擦拭笑出來的淚。這是個不祥的徵兆。

「讓你來做節目？連機智問答都寫不出來的你？你以為你在跟誰講話啊？」

我的後腦勺被輕輕敲了一下。

「我啊，可是高中肄業的喔。我沒有那個環境讓我去上大學，所以我是從製作公司的打雜小弟開始擠進這個業界的。你有沒有想過我在那之後有多辛苦啊？你是怎樣啊你？號稱大學畢業，還連個像樣的機智問答都寫不出來。我再給你機會也還是這樣不珍惜。這樣你要跟我說你會用心做？」

他的手接著這段話之後直撲而來。儘管不算大力，但我的頭被敲了三下。我絲毫不敢抵抗，只是一個勁兒地低頭。

「請住手！」小夢尖叫道，從燒烤台前跑了過來：「請不要施暴！」

小夢瞪著永澤先生，手上還拿著烤肉夾。然後又看著我。她平常只有左眼看到我，這下子連右眼也看著我了。她兩只眼睛的眼皮都不停地跳動著。

「沒事啦，別管我。」

我舉起雙手作勢要擋住第四下，永澤先生卻站起身來，吸了吸鼻子。他從皮包抽出兩張一萬日圓鈔票，丟在吧檯上。

「有些人的生活娛樂就只有看電視。這件事情，你給我好好想想。」

「是。」

永澤先生強行離去，一個個撞過坐著的客人。「喂！喂！」的不滿聲此起彼落，客人們或扭曲身體、或稍微起身一半，好讓永澤先生出去。而他也只說了聲「不好意思」，便頭也不回地走了。

「那人是怎麼回事啊？」

水道橋附近某間情色書刊出版社的編輯用責怪的眼神看著我。他也是熟客之一，鼻子下方蓄著富士山型的鬍子。

「他是你的前輩之類的嗎？」

「是的。他在工作上很照顧我。」

情色書刊編輯用兩根手指捻著鬍子，悠悠地說：「他好像，是個自卑感很深的人呢。」

「我真的，很抱歉。」

小夢默默無言地一直站在我面前。當她拿回貓咪家族成員圖後，不是貼到冰箱上，而是連忙收進層架。

「抱歉了。我馬上就走。」

我向小夢道別後，嘴上跟其他客人道歉，跟在永澤先生後頭離開了花梨花。穿過了花園神社，我總算見到了永澤先生的背影。他正往靖國大道而去，走起路來左左右右搖搖擺擺。我小跑步追上了他，取一個不會被打的距離從他背後叫住了他。

「永澤先生，對不起。我說了一些任性的話。」

永澤先生回過頭來，給了我一聲「啊？」但他沒有再多說什麼，只管往前繼續走。他在黃金街派出所前左轉，登上了通往花園神社境內的階梯。我也跟了上去。

「那個，花梨花的貓咪遊戲呀，我有某種感覺。」

「某種感覺，是哪種感覺？」

永澤先生頭也不回，逕自往神社境內走去。

「我想，一定是有什麼特殊的緣由。雖然賭博這東西是酒客自己在玩的，但那張貓咪家族成員圖……我想小夢之所以會將那附近的貓都畫下來，一定是有原因的。」

「你為什麼會這麼想？」

「因為，她什麼都不肯告訴我。只要聊到這個話題，她的表情就會陰鬱下來。」

「哼嗯。」永澤先生點了點頭，這才停下腳步，回頭看著我。

「所以，我不希望讓這件事情就結束在綜藝節目的單元之一上。所以就……對不起。」

「好，那你，什麼時候，才會成為能自己做節目的人啊？你機智問答有四十九題都被刷掉了耶。我給你的可是完整一人份的報酬喔。」

「是。」

被他這麼一說，只得低下頭去。然而不知為何，我的心中還有一些話，是醉意也動搖不了的。

「只是說……」

「只是說怎樣？」

「我想我也差不多該像永澤先生這樣，掛自己的名字做事。我想做一份完整的企劃，想寫寫看。」

「你想做怎樣的節目？」

「從小夢的貓咪家族成員圖來想，可能不是做綜藝節目。搞不好是劇本吧。以貓咪家族成員圖為主題的劇情，您覺得如何呢？」

「呿」永澤先生咋舌了一聲。神社境內光線昏暗，我看不太清楚，但我可以感覺到他儘管站不穩了卻仍直盯著我。

「你啊，太笨了。你都已經入我這做綜藝節目的門下了，你就只能在綜藝節目的世界裡混下去了啦。電視這個世界啊，是有地盤的啦。你想寫劇本的話，就去拜相關的人為師吧。我不會攔你的。」

「是這樣的嗎。我不能邊寫綜藝，邊寫劇本嗎？」

「混帳東西！」

永澤先生掄起了右手。我往後退一階。

「你什麼都不懂！你真窩囊！你到底知不知道，我為了讓這一個你進節目製作，花了多少心力啊！」

永澤先生大吼大叫完，轉頭背對著我，一個人走進了花園神社的參道。我了解他在說些什麼，也覺得很內疚，但我卻沒有追上去。

我回到了花梨花，廚房裡已經換店長阿功先生值班了。他說小夢才剛回去。那兩張永澤先生丟的一萬日圓鈔票，還留在我們剛剛的座位上。我沒有用它來付酒錢，而是自掏腰包。然後我又連忙追了出去。

我也必須對小夢好好道歉。她為了阻止永澤先生，奮勇無懼地為我挺身而出。我還是第一次見到那樣的小夢。不管怎麼說，都應該向她致歉。如果可以的話，我還希望能向她傳達將貓咪家族成員圖的故事寫成劇本的心願。

但是，我找不到小夢。新宿的大街小巷盡皆繁華喧鬧。黃金街上大部分的店家都有開門營業，小型銀河或紅或綠或白地閃爍。路上擠滿了飲酒作樂的人，他們每個都喝得醉醺醺的。我這時候特別想念那站在燒烤台前、面無表情的小夢。

小夢她，現在去哪裡了呢？

我好想見她。

但是，我不知道小夢住在哪裡。甚至連她的本名、年齡、有無男友都不知道。她是貓咪家族成員圖的作者，這是我對她所知的一切了。

我在早已化為廢墟的摩鐵前，來來回回找了好幾遍。也許因為具備所有權的公司換來換去吧，這棟建築物有部分損毀，卻一直沒有處理，擱置在這裡。一樓圍著鐵柵欄，不讓人進去。我站在柵欄前，想著說不定小夢會從什麼地方冒出來而四處張望。

忽然，我聽到從鬼屋般的廢墟中傳出了貓叫聲。一抬頭，我在二樓的斷垣殘壁之間見到了賓士貓的身影。牠的喵喵聲細小、稚嫩，往下俯瞰著我。我既已記住整張貓咪家族成員圖，立刻就知道牠的名字。

「托托！」

牠又叫了一聲。牠確實看到我了，準沒錯。

「小夢她在哪裡呢？」

托托望著我一會兒，從鼻子哼出一口氣，往廢墟深處回去了。

不知道哪間店傳出了卡洛金的《Tapestry》。我倚在鐵柵欄上，愣愣地望著來來去去的人群。

五

花梨花的燒烤台用的是木炭。據傳它具有遠紅外線效果，不論何種食材皆能均勻受熱、熟透，因而讓串烤類的食物每一樣都堪稱極品。大部分的客人來此都點烤雞串，酒類則搭配HOPPY或酎HIGH。我也幾乎都這樣點，不過偶爾會多加一道菜。

烤青椒。

每當客人表示「妳要點什麼都可以」的時候，小夢常常會選這道菜來吃。

那好吃嗎——我彷彿能聽見這樣的質疑，但這真的是人間美味。美味到光以美味去形容它的話，那就該向全世界的青椒道歉的程度了。

絕大部分的餐飲店，都會切掉青椒蒂頭，再將種子、白芯丟棄，僅食用綠色果肉的部分——而且通常會切成長條形。雖然說好不好吃也要看火候、功夫，但我從不覺得那樣規規矩矩的烤青椒好吃過。

有一次，小夢在將青椒拿去燒烤前，將青椒放在手心上，親暱地稱它為「綠色小房間」。

我說，妳說得真好。她便將青椒拿到我眼前說：「你不覺得它裡面塞滿了無法聽見的話語嗎？」

「綠色小房間呀。」

「我覺得，青椒也是會做夢的。在沒有人知道的秘密房間裡。」

所以花梨花不會用菜刀剖開青椒。他們一刀也不切，直接整顆放上燒烤台，翻轉受熱。青椒受熱後表皮會皺縮、脫落，露出粉嫩的鮮綠色。本身的果汁會從內部蒸熟果肉。持續不停翻面，直到每一面都烤出焦糖色。待整顆青椒軟化，就是正好吃的時候。端上桌的烤青椒，彷彿在誘惑：「來吧，就這樣整顆直接咬下去吧。」

那一天，我跟小夢點了烤青椒，坐在吧檯座位的底邊喝著HOPPY。

距離我被永澤先生打、小夢為我挺身而出的那一天，已經過了二個星期以上了。其實我真的很想馬上來花梨花向小夢道歉，但礙於要為過年期間的特別節目做準備，忙到不可開交，不知不覺就過了一段時間。

當我隔了這麼久終於又打開了玻璃門，小夢給了我一個無異於平常的微笑。其實我想坐在燒烤台前的座位，但那邊已經坐了娜塔莎小姐和富士山鬍子，正聊得起勁。

「之前那件事情，我很抱歉。」

我獻上了在新宿站某花店買的小花束，給端著小菜而來的小夢。儘管我不知道這花的名字，但花束的色彩組合看來賞心悅目。「這怎麼好意思。你何必這樣呢？」小夢圓睜雙眼，小心翼翼地接過花束。

「這麼美麗的花，反而是我不好意思了。」

「不會啦，因為我也想向妳道謝。」

富士山鬍子探頭探腦地問著「什麼什麼」，差點就要喧鬧到全世界都知道了，幸好娜塔莎小姐從他背後戳了一下，這才看到他不好意思地搔搔頭。

「那之後，妳還好嗎？」

小夢從各個角度仔細欣賞花束，才將視線移回到我身上。

「嗯，勉勉強強。」

我笑了笑，點了烤青椒。

還可以，就真的只是勉勉強強。被問候還好嗎，正確答案其實是不太好。

周遭事物一切如故。在那之後過了幾天，再見到永澤先生，他依然詳細說明過年期間的節目製作事宜，既沒有調整我的工作內容，也沒有減少我的工作量。唯一不同的是，我的內心開始有問題孳生出來。事到如今，我總算明白了永澤先生所說的，假如我想寫的是劇本，則我繼續待在影視企劃事務所內便毫無意義可言。然而，是否要因此辜負永澤先生的期待，我卻又做不到。心猿意馬，拿不定主意。

小夢將青椒放到燒烤台的網子上，不停翻面。關於之後對自己的打算，我想來想去想不出個所以然來，索性放棄了思考。

冰箱上貼著貓咪家族成員圖。廚房窗外的水泥圍牆，今晚也在等待著貓咪的大駕光臨。那束花就放在餐具櫃旁，不曉得誰唱的日語藍調自年代久遠的喇叭流瀉而出。

我想起了第一次品嘗到小夢的烤青椒，是我剛來花梨花還沒多久的時候。我問說「除了烤雞串之外，有其他推薦菜色嗎？」小夢絲毫不猶豫，回答「應該要說的話，是烤青椒吧。」

那時候，小夢端著剛出爐熱騰騰的烤青椒，對我說「第一口要從屁股開始吃喔。」我問她為什麼，她特別指著青椒屁股說：「因為青椒屁股比較小，不用張大嘴巴吃呀。」

這輩子第一次見識到整顆的烤青椒。誠如她所言，用筷子夾著青椒、對著屁股咬下去的那一瞬間，那真是美味地讓人渾然忘我。

「好燙！」

我應該是有這樣不小心叫出聲來。因為熱騰騰的汁液噴了出來，燙到我。但那其中卻蘊含著青椒本身的香味，那股芬芳隨著蒸氣撲鼻而至。儘管我被燙到而扭著身體強忍，但我卻笑了。熱氣夾帶著細微的甘甜，這樣的連動衝擊著我的味覺。烤青椒又與大方灑上的柴魚片相輔相成，甘美不停地在口裡傳散開來。

好吃。真好吃。

青椒原來能這麼好吃呀。

這美好的感受讓我的心情都好了起來。燜到熟透了的種子、白芯也十足軟爛可食，口感滑溜又不苦澀。有點彈牙的蒂頭也很好吃，咬下去的每一口都有帶著自然氣息的甘甜。一顆烤青椒，就讓我好幾次驚訝地重新認識它的美味所在。

「小夢，這個好好吃喔。這是哪裡買的青椒？」

我決定伸長了脖子，問站在燒烤台前的小夢。

「沒特別去哪買……就是歌舞伎町裡的普通的青椒呀。」

現在回想起來，還是很糗。

「歌舞伎町裡的普通的青椒？哦，那是有專門種植的農家嗎？」

小夢離開了燒烤台，一臉認真地走到我面前。

「你覺得歌舞伎町裡會有田地嗎？」

「我不覺得。」

「我剛剛說的是，歌舞伎町裡的超市就有在賣的，普通的青椒。」

「啊啊，普通的是吧。但還真的很好吃耶。顛覆了我對青椒的常識呢。」

「對青椒來說真是太好了。」

我大幅度地搖頭，而小夢則只點了一次頭，我倆互相對看。這段回憶，是我在花梨花初嘗烤青椒時的豪華附錄。

「上菜了，讓您久等了。」

今晚小夢也端著一盤熱騰騰的烤青椒送來。一盤裡頭會有兩顆烤青椒，撒滿整盤的柴魚片隨著熱氣翩翩飛舞。

我趁熱淋上醬油。我淋得毫不手軟，這樣才能讓柴魚片安分下來。

一如往常，我從青椒屁股開始吃起。邊喊著好燙、邊扭著身體強忍，邊仔細品嘗感受那在口裡擴散的微甘。

好吃。依然這麼好吃。

不過呢，今天可不能就這樣結束在這份感動上。嘴裡品嘗著這道人間美味，心裡的情感可沒偷懶，不停地湧現、不停地湧現。隨著醉意加深，它愈發強烈到我無法壓抑。

我續點了好幾杯HOPPY，耐心等待著能跟小夢講話的時機到來。然而，娜塔莎小姐和富士山鬍子遲遲不肯離開燒烤台前的座位。

豆太郎出現在窗外。我朝牠揮揮手，牠就喵了一聲，舌頭像不二家Peko一樣往側邊伸出來。

在我已喝了不少之後，我從包包裡拿出活頁紙，寫下了這段文字：

給小夢

今天晚上是豆太郎來看看大家。可能是因為天氣冷了吧，這陣子貓咪比較少出現了呢。大家都在哪裡捱過漫漫寒夜的呢？

我有些事情，希望能跟小夢見個面、慢慢聊。我想了解更多有關於「貓咪家族成員圖」的事情。如果妳同意，我希望能進一步寫成劇本。

我畢竟是花梨花的客人，兩人單獨見面可能會有問題。因此，在店內也沒關係。我希望能跟小夢聊聊。

很抱歉提出了任性的要求。

還有就是，我要不厭其煩地向妳為之前的事情道謝。我一直以來都是像那樣，工作上偶爾會受到輕微的肢體衝突。這都是我猶豫不決，才讓周圍的人煩躁起來。我每一天都渾渾噩噩的。為了有所突破，我希望能跟小夢聊聊貓咪們的事情。

我想見妳。

今天晚上的烤青椒依然是人間美味。

山崎晴太

即使寫完了，我卻還沒有想到下一步該採取什麼樣的行動。該直接遞交給她嗎？說到底，這段文字究竟能不能交給她看？說不定，我再也無法拉開花梨花的玻璃門了。然而，我還是下定了決心。我在署名旁加上了我的住址和電話。

「多謝招待。」

「好的，謝謝光臨。」

收銀台跟燒烤台是反方向的，位於吧檯座位前方。就是我現在坐著的位置。結帳完了、小夢表示謝謝我送的花時，我將對摺了兩次的活頁紙交給她。

我還以為，小夢應該會問「這是什麼？」但她只是張著口，卻沒有說什麼。她默默接過那張紙，收進圍裙口袋。

我要走出花梨花的時候，富士山鬍子拍了拍我的屁股。笑咪咪地調侃「不簡單哦」。娜塔莎小姐又打了富士山鬍子的手臂。

我向這兩人點頭致意，也沒看小夢的表情就出店門了。

那天晚上。

儘管醉意一波一波襲來，我仍然睡不著。

小夢，她看過那段文字了嗎？希望不要被她討厭就好。

我也有想到兩天後要開製作會議這件事。應當提出的五十道機智問答，我一個字也沒寫。情報節目要用的構想，底線也迫在眉睫。我到底該如何是好……。

當電話響起，我還以為是永澤先生打來的。既然是永澤先生，他才不管我是不是已經睡了，照打不誤。三更半夜的還打來交代我工作要這樣、要那樣，也是常有的事。我從棉被裡伸出手，拿起聽筒，沒想到傳來的是有點大舌頭的語音。

「抱歉，這麼晚打給你。」

「啊啊……」

「我是小夢。」

我從棉被裡爬起來，不知為何我在昏暗的房間裡坐得端端正正的。

「那個，剛剛、很抱歉。」

「不會。」

沉默蔓延得令人恐懼。房間的昏暗就像鐵鉛一樣沉重。我用力握緊聽筒。

「這星期日，你方便的話……」小夢說。
「星期日？」
我很清楚，那天要到事務所開會。腦中浮現出永澤先生的臉。
「那天店裡休息，所以如果你方便的話。」
「星期日……我也沒問題。」
我還是說出口了。那會議怎麼辦呢？這我當然是壓在心上。但我決定照我自己的意思去做。不論天要塌了，我星期日都有空，絕對地、確實地、革命性地有空。
「真的嗎？你很忙吧？」
「不會，我沒事的。」
在我逞強的話音將落時，小夢呵呵地笑了——輕得幾近吐息。
「小山，下星期是耶誕節哦。」
「啊，對喔……。」
的確是快到了耶誕季了。我被工作追得團團轉，那種普世慶典跟我一點關係也沒有，壓根就沒記著耶誕節這件事。

「我……可以拜託你一件事情嗎？」

「咦？」

我大概把口水和空氣都一起吞下去了。

「因為是耶誕節嘛。」

我只發出了「嗯」的聲音，它甚至連聲韻都還沒成形。

「我可以許願嗎？」

「啊，這當然。那個，我剛剛，我一直都不記得耶誕節這回事，所以就……」

小夢沉默了一會兒。可以感覺到她在思考怎麼說比較好。

「那個……很謝謝你送我花，我很高興。」

「別客氣，畢竟是我給妳造成麻煩了。」

「不會的。我想說的是，送花是很好，但是我，想要別的禮物。」

「啊，好喔。」

「我真的可以許願嗎？」

她到底會許什麼願呢？想全數接納，卻又有點害怕，這兩種情緒在我內心交戰不清。

「妳要點什麼，都可以。」

「我……想要貓飼料。」

「貓飼料？」

「是的。可以的話，還要貓罐頭。」

「啊，貓吃的那種罐頭。」

「然後就是，可以的話……」

「嗯。」

「我需要很大量。」

「很大量？」

「對，請給我大量的貓飼料跟貓罐頭。」

雖然不是沒有躊躇一下，但我終究答應道「我知道了」。小夢的聲音聽起來很開心，說想吃異國料理。我想到歌舞伎町裡有間土耳其餐廳，於是向她提議。她在電話那頭歡欣鼓舞地說：「我一直好想去土耳其，也好想吃吃看土耳其料理。」這是我在花梨花從未見過的小夢，我彷彿碰觸到她真實的情感。我們約好當天晚上六點，在東出口的ALTA前會合。

「小山，謝謝你。晚安了。」

「我才要多謝妳。晚安。」

掛上電話後，我在棉被上躺成大字型。跟我第一次見識到「貓睹」時一樣，好幾股凝聚起來的體溫在體內竄流。我想大笑。但我做不到，因為我已渾身乏力。我獨處在自己的房間內，凝望著昏暗的天花板。

六

新宿站人潮洶湧。月台、樓梯與站前廣場都排成了一列列的人龍，動彈不得。

耶誕節前的星期日。約在這種日子的ALTA前會合，實在太失策了。我一邊後悔著，一邊設法穿過無窮無盡的人潮。要準時六點到的話，應該要稍微跑一下才好，但車站已經這副景況了，加之我還有另一個原因，使我無法拔腿就跑。

我穿了一身厚夾克。我的背包塞好塞滿，且單手提著沉重的紙袋。背包和紙袋內裝的，都是小夢要的貓飼料貓罐頭。

差不多到約定的時間了吧。東出口的廣場也人滿為患。ALTA前也是人擠人，看來很難過去。

我在這群人海裡望過去，想認出小夢。是有幾個人拿著手機。最近也有愈來愈多影視企劃有辦手機，我想我哪天也該去辦一個。也許當人手一機的時代到來，人們就不會為了會合而擠到滿出來了吧。

我一邊跟路人肩撞肩地走著，一邊幻想著近未來的模樣。當我要穿過廣場時，突然有人從背後喚我。

「小山！」

是講話有漏風的聲音。一回頭，小夢就站在那兒。她穿著皮夾克與牛仔褲，單手提著一個布包。

「我也很難過去那邊……還在想說該怎麼辦才好……。」

我覺得，耶誕老人方才掠過了我的頭頂上。有一股衝動想大喊「喔喔喔喔！」但卻又因為過於驚訝而不知該說些什麼才好。

「啊，太好了。」

得來不易的單獨見面，這卻是怎麼樣平淡乏味的第一句話啊。話甫出口，立刻覺得嘴裡像砂礫一樣粗糙乾燥。小夢綻放笑靨，抬頭看著我。這又再次讓我的語言中樞當機了。

「呃——那——，我們先去用餐吧。」

「好的，我也餓了。」

小夢直率地給了我一個同意，但卻沒有其他表示。「走吧，去伊斯坦堡」我這句起頭，變得像虎頭蛇尾的自言自語。我們相對無語地走。

想問的問題和想解開的謎多如牛毛，個個都不知該從何開始切入，這樣反倒什麼也聊不了。當我們總算走到了歌舞伎町入口處的土耳其餐廳，我感覺自己發現了這麼一個悖論性的真理。但我又想，這套理論說不定一開始就不存在。一切只是因為跟小夢單獨相處，讓我很緊張罷了。

一進入餐廳，藍眼珠土耳其青年帶著我們入座。店裡的三分之二左右早已坐滿了日本人情侶。

我既沒去過土耳其，也對土耳其料理一無所知。土耳其青年以流利的日語為我們說明了菜餚的內容與特色後，建議：「那麼就為您上本店的招牌套餐。」

鷹嘴豆泥、菠菜沙拉佐優格、茄子鑲肉等等的前菜，夾在薄麵包裡配著吃。口味真是新奇，既濃密卻又輕盈。只是不論哪一道都是軟綿綿的泥狀料理，咬勁便稍嫌不足。

「好好吃。」

小夢的雙眼閃閃發亮，猶如伊斯坦堡清真寺上所裝飾的星星。她用湯匙舀起來送入口裡，說這些全都是第一次吃到。我看著這麼稀鬆平常的行為，覺得很新鮮。

這間店跟花梨花不同的是，沒有HOPPY。我們閒聊著因為是土耳其餐廳，當然沒有HOPPY了呀，但畢竟地處新宿，還是提供一下HOPPY比較好嘛。

結果我們點了土耳其啤酒「Efes」，以及兌了水就會呈白濁狀的「拉克酒」。拉克酒是一種帶有茴香芬芳的酒。

「我從來沒有出國旅遊過。好想找個時間實際去一趟伊斯坦堡喔。」小夢嗅著玻璃杯中拉克酒的香氣，以左眼為中心直視著我。「伊斯坦堡呀，應該是個清真寺林立的地方吧。」

「嗯啊，因為是伊斯蘭教國家嘛。」

「我真的好想去那邊看看喔。我很嚮往土耳其。」

「妳在電話裡也是這麼說的呢。」

「我曾經看過一張很美的照片，應該是在旅遊雜誌上看到的。一位土耳其的老太太，在雨中為驢子撐傘。自己淋得濕漉漉的，卻將傘撐在驢子頭上。我大受感動，於是就稍微去了解一下土耳其。你知道嗎？土耳其甚至有駱駝摔角耶。聽說駱駝騎士的日常起居都跟駱駝一起喔。我就覺得在那邊人跟動物的距離這麼近呀。就是這點讓我想去土耳其看看的。」

「哦，這樣講得我也想去看看呢。」

小夢的雙眼彷彿映照出站在驢子旁的老太太，以及撫摸著駱駝的駱駝騎士。我真想永遠欣賞這雙閃爍著光彩的眼眸。

「小山你有去國外旅行過嗎？」

「呃，不算有啦。」

學生時代有去過印度。那時候經濟拮据，旅費能省則省，整趟旅程也算是冒著相當大的風險。但我講給小夢聽的，只有我在印度吃壞肚子、瘦了一圈回來的部分。

「這真是印度瘦身之旅呢。」

「國外的生水是很恐怖的。我想原因可能是路邊攤的鮮果汁吧。要是每天喝的話，肯定會拉得一塌糊塗的。」

其實我想聊聊貓的事情，但不知怎地話題拐不過去。小夢似乎也有意無意地避開這個話題，老是帶去客人身上，像是蛋頭先生其實不會煮蛋、石榴小姐的真實身分是大銀行裡的幹部之類的。

主菜選的是藍眼珠青年推薦的伊斯坎德燒烤。這道料理是以鐵板將份量十足的薄切羔羊肉燒烤得滋滋作響，再淋上大量的融化奶油與優格。給人感覺幾乎是想得到的食材全數入菜的這道料理，卻意外地不油不膩，相當促進食欲。

小夢跟在花梨花內工作時不一樣，經常笑開。不過她用餐時的樣子還是沒變。她將不少的肉盛到自己盤子裡，用手腕遮著食物，不讓人看到自己的吃相。我不知道該看哪裡才好，結果只能東拉西扯轉移注意力。

「那位藍眼珠的服務人員，會不會他看到的世界都是同一色系的呀？」

「為什麼這麼說呢？」

「就像隱形眼鏡是藍色的話，看出去就都是藍色的了。藍眼珠的人所見到的世界，又是怎麼樣的呢？」

「照這麼說的話，那麼世界上的每個人看到的世界都不一樣嘍。」

小夢說的沒錯。我也就順著聊到了自己眼睛的問題上。

「不過呀，小夢。有些人的世界真的是不一樣的。」

「這話怎麼說呢？」

「就是……妳知道色弱嗎？」

「分辨不出顏色嗎？」

「不是、不是。色弱就是分辨不出某幾種顏色。像我就是色弱。」

「某幾種顏色？」

「嗯。就我來說，當紅色和綠色偏淡的時候，我就會無法分辨。雖然我從不覺得自己無法分辨紅色綠色，不過人家說我所見到的世界，色彩跟別人是不一樣的。就是因為這樣的眼睛，害我無法順利就業。就有一種，被社會排除在外的感覺。」

「哦，就因為對色彩的認知嗎？世界上居然有這種事情。」

「我會走上跟別人截然不同的人生，大概也是因為這個理由吧。」

小夢靜靜地吃著羔羊肉，聽我說明有關色弱的事情。當她放下叉子，又只用左眼看著我。

「你會有心靈上的創傷嗎？」

「嗯，大概吧。回想起來，也許我小時候就跟別人不一樣。」

「怎麼說？」

「小學時我創作了一幅繡球花的拼貼畫，當時班上只有一位老師沒有稱讚我。老師說，沒有這種顏色的繡球花。」

「哦。可是，我的眼睛也怪怪的喔。」

「怪怪的？」

我心知肚明，卻裝傻。

「你沒發現嗎？」

「嗯？」

「我有很嚴重的斜視。」

「啊，是嗎，一點點而已吧？」

我灌了一口拉克酒，刻意避開小夢的視線。然後又再度迎向她的視線。因為我感到，必定要將自己內心某部分向她表明的那一刻，已然到來。

「我從小就會被笑鬥雞眼、脫窗什麼的。通常家長都會想辦法幫孩子尋求醫療協助……但我沒有像那樣的家庭。」

我胡亂點了一下頭，接著以「可是呀」開始切入。「讓人不知道在看哪裡的小夢，我很喜歡喔。」

小夢眨著眼，笑了。「別勉強說這種話了……」然後她為我倒了些拉克酒。

「不，是真的。小夢的眼睛，還有，該怎麼說才好……我都喜歡。」

儘管她微笑著，但卻搖了搖頭。「小山，沒關係的。不用勉強。」

「我沒有在勉強呀。」

「我只能用左眼去看這個世界，右眼只不過是輔助。所以我會頭痛，有時候還會把雞肉串看成好幾倍。偏偏就是在這種時候，拗客就會上門。」

說到拗客，第一個想到的是鳥巢頭，以及黏人的Guts先生。啊，還是她在說前幾天的永澤先生？

「小夢有時候看起來面無表情的，就是因為這樣嗎？」

「這個嘛，我也說不清。」

「而且有的客人只要貓一出現就吵吵鬧鬧的。」

「就是呀。」

「抱歉啊，淨是些莫名其妙的客人。」

小夢又笑了一下，但之後我們兩人便沒有再繼續聊下去了。店裡播放的土耳其歌曲熱情洋溢，大大小小的音符從天而降，落在燒烤的油光上勁歌熱舞。小夢低著頭，默默地喝著拉克酒。

「啊，對了。飼料跟罐頭。」

我這才提起那又巨大又笨重的耶誕節禮物，還跟小夢說這是去寵物店能買的都買了。

「該不會，你背包裡也是吧？」

「是呀。」

「紙袋也是？」

「對。」

「唉呀……真是太對不起了——」

我還以為她會很高興的，沒想到小夢雙手合十，做出道歉的手勢。

「可是，不是小夢妳說要很多飼料跟罐頭的嗎？」

「但我沒想到這麼多。」

「如果我有更大一點的背包，還可以再買更多的。」

「真是不好意思，讓你破費了。」

「沒關係啦。」

我想這是個好機會，於是我終於提到貓的事情。

「這原本就是我先拜託妳的事情嘛。畢竟是因為我想多多了解貓咪家族成員圖，還有小夢跟貓咪們之間的關係，才要求私下見個面的。」

「好吧。」小夢再喝了一口拉克酒，幽幽地嘆氣道：「我是願意說……但是，因為也牽扯到我自己的私事，所以……」

「啊……嗯。」

「那個，能不能換個地方聊呢？另外就是，能不能答應我一件事？」

「什麼事？」

「別告訴任何人。」

小夢臉上的笑容已消退大半，左眼直直地盯著我。

「這是當然嘍。」雖然我承諾地如此斬釘截鐵，但我的聲音卻是沙啞的。

她說換個地方，那會是個怎樣的地方呢？腦海裡瞬間浮現出歌舞伎町摩鐵街的閃爍霓虹。

餐廳裡還繼續播放著曲風奔放的歌謠。儘管歌詞是我完全不懂的土耳其語，但不知怎的就是覺得彷彿唱著「今晚陪在你身邊」。

七

我和小夢出了餐廳，走回擁擠的人潮裡。擦肩而過的人似乎每個都喝過了酒，聲量都相當不得了。唯獨小夢悄悄地說：「就在我們店旁邊。」

在花園神社前拐過靖國大道後，路人變少了，終於得以從擁擠人潮中解脫。新宿黃金街有許多店家都跟花梨花一樣採星期日公休的規定，但畢竟是耶誕節前，人聲鼎沸，連亮著燈的看板也跟平常沒什麼兩樣。

小夢在摩鐵廢墟前停住腳步。對面是沒亮燈的花梨花。

「這裡。」

「咦？」

小夢什麼也沒說，只指著摩鐵的樓上。

「那麼狂放……」

也許是我一瞬間的猶疑透露出我在想些什麼吧，小夢立刻就看穿了。

「不是啦。完全不是你想的那樣。是有關貓的事情。」

「嗯。但是，這裡不能進去吧？」

廢墟一樓圍著鐵柵欄，全面封鎖。然而，小夢先是搖搖頭，再招招手，示意我隨她沿著鐵柵欄走進一條狹窄的後巷。我只好背著沉甸甸的背包、單手提著紙袋，跟了上去。

我們走到了廢墟一角，順著直角轉進了一條跟水溝一樣狹窄的通道。夜色昏暗，伸手不見五指，只知道我的旁邊是漫長看不到盡頭的水泥圍牆。

小夢從皮夾克的口袋掏出了筆燈。有一隻老鼠被突如其來的亮光嚇到，從我們的腳下驚慌逃竄。這條通道的寬度，僅能容一個人勉強通過。我的背包夾在水泥圍牆與鐵柵欄之間，每走一步就發出沙沙的摩擦聲。

在小夢的筆燈亮光之下，終於出現了鐵柵欄的盡頭。原來進入廢墟的入口在這兒呀。

小夢領頭先進入廢墟。我先將背包卸下來交給小夢，再踏入這個空間。

廢墟的光景在小夢筆燈的照射下浮現在眼前。牆上到處都受到破壞，或被噴漆塗鴉。還破了一個大洞，雜草在廢墟內生機盎然地冒出頭來。

「小夢，妳都一個人來這？」

「對。」

建築物入口的正門已經掉了。小夢毫不猶豫地深入這棟建築物。我也跟著她，沿著樓梯上樓。壁紙都剝落了，像破破爛爛的布一樣垂掛。霉臭味撲鼻而來，讓我有想遮住口鼻的衝動。

小夢以筆燈照著前方，一步一步地上樓。我也不發一語地跟著。

二樓、三樓、四樓。小夢走在客房樓層的走廊上，一路走到盡頭的一扇門前。

「就是這裡。」

小夢壓低了聲音，拿著筆燈轉了一圈。

「真是來到出乎意料的地方了啊。」

我能聽到門後傳來喵喵聲。小夢握住了門把，慢慢地打開了門。

瞬間映入眼簾的景象，是從大面窗戶望出去的星空。濃縮著兩百間以上小酒吧的新宿黃金街就在其下。左方可以看到花園神社壯觀的紅色社殿，右方則是高樓大廈林立。

小夢已關了筆燈，但因為黃金街及高樓大廈的燈光有照射進來，讓整個空間沒有明顯變暗。地上有幾個黑影將身子盡量縮小。

「我帶小山來了哦。」

彷彿應和著小夢的叫喚，這些黑影慢慢地蠕動到小夢附近。我聽到一聲細柔的「喵」。腳邊還有一隻過來磨蹭了一下。

稍微亮了一點。小夢點亮了一顆內含燈泡的小燈籠，是以前就在這裡的東西吧。現在可以看清楚每隻貓了。

橘虎斑貓花代、褐虎斑貓社長及總經理、賓士貓托托、銀虎斑貓夢來，沒看到黑貓與白貓。燈一亮，所有的貓都異口同聲開始喵了起來。叫聲剛開始還細如游絲，但逐漸大膽了起來。讓我想起拿小魚乾餵虎雄的日子。這是討食物的叫聲。

「要拿飼料跟罐頭出來嗎？」

「昨天的還有剩。」

小夢打開了洗臉台的收納櫃門。貓咪們邊叫邊聚集到小夢腳下。小夢摸著這些激動討吃的貓，然後將三個碗放在地上，開始分食物。貓咪們直豎著尾巴，成群結隊。

「哇，我真的嚇到了。居然有這麼一回事。」

小夢來來回回看著吃得津津有味的貓咪們和我。

「這裡曾經是這間摩鐵經營者的辦公室。」

我就在想，難怪。以摩鐵的客房來說，實在太寬廣，視野也太好了。這裡能將連綿閃爍著妖異霓虹、彷彿魔界批發商圈的黃金街盡收眼底，同時又能遠眺新宿的高樓大廈群。

「那位爺爺常來花梨花。然後，我常常會來這裡，跟他養的貓咪玩……啊，就是鼓棒和史丁格。為了讓貓咪自由進出這間辦公室，你看，門底下。」

剛進來的時候我還沒注意到，聽她這麼一說，這才看到門底下開了個四方形的洞。

「那，到現在貓咪們還是會走過這個洞呀？」

「對呀。」

「是這樣啊，原來如此。」

不知道是不是因為我說話聲音有點大，正在進食的貓咪們背脊一陣震動。

「對了，我要說的是，小夢那天挺身制止我師父……」

「嗯。」

「我想說要跟妳道歉，但店長說妳已經回去了。我有跑出去找妳，卻到處都找不到妳。那時候，托托從這棟建築物的二樓牆壁間露出臉來，看了看我這邊，然後叫了一聲。該不會妳那時候，就在這邊二樓？」

「啊，應該是吧。」小夢稍微思考了一下，然後將兩張摺疊椅攤開在窗邊。「因為我每天晚上都會來這。」

「每天晚上？」

我驚訝地說不出話來。近在咫尺的這座廢墟，竟隱藏著小夢與貓咪們的天堂，這我真是作夢都想不到。小夢先坐到椅子上，而我則過了一會兒才坐。

「可是，爺爺過世之後，這裡交給他兒子，我就再也不來了。貓咪們也被他趕了出去。」

「那，那張貓咪家族成員圖是？」

「那是更之前就開始畫的。」

「大概從多久以前？」

小夢陷入了沉默。她望著窗外，似乎在思考這話該從何說起。

黃金街裡，醉客們的喧鬧聲不絕於耳。他們是在哪喝的呀。還隱約能聽到帕特・布恩的《White Christmas》。

貓咪們又開始叫著「不夠、還不夠，我還要更多」。黑貓鼓棒跟玳瑁貓大姐頭不知道什麼時候進來的，也靠過來了。鼓棒用牠那金色的雙眼凝視著小夢，大姐頭則中氣十足地大聲叫著。小夢從椅子上站起來，再去收納櫃拿出貓飼料，分別放了一點到碗裡。

「當我知道貓咪們又開始聚集在這裡，我就不知不覺地總是過來了。好像，牠們現在已經是我真正的家人了。」

聽到「家人」這個詞，我想起我對小夢一無所知。

「我不知道問這個是好還是不好，但我還是想問小夢，妳現在住在哪？跟家人一起住嗎？」

「我住池袋……」

小夢依舊站著，又遠望了一次這整片夜景。我看到她的胸口稍微起伏，似乎才剛大口呼吸過。

「我……是在兒少安置機構長大的。」

「安置機構？」

「到我懂事的時候，雙親都不在身邊。」

新宿上空好像有哈雷彗星還是什麼天體劃過。

「抱歉，問了妳奇怪的問題。」

「沒關係。既然要講貓咪的事情，就是會講到這邊。」

就算她那樣給我一個台階下，但我這個問題依然是明顯的欠缺思慮。家人這個詞真是敗筆。醉意瞬間消散。氣氛實在尷尬無比，我只好托住自己額頭。

「雖然有阿嬤當我的監護人，但她酒不離口，從早醉到晚，想睡就隨便找個地方躺，還會漏尿。」

「還會漏尿？」

「真的是，糟得一塌糊塗。又沒錢，漏尿又會臭。然後有一天，政府的人就來把我帶到安置機構去了。」

「是這樣啊。」

一反常態，換成是我的話音不清不楚。

「兒少安置機構裡有歡樂，也有悲慘。自己的食物可能會被其他小孩搶走。所以吃飯的時候，大家都很提防。」

我又有股想用手拍打自己額頭的衝動。小夢用餐時會有遮住盤子、食物的姿勢，原因就出在她的生長環境啊。一無所知的我，竟以怪異的眼光看待那樣的姿勢，完全沒有顧慮到她的過去。

「也許我，不太信任人。在兒少安置機構裡也被大人揍過。曾約好哪天一定會戒酒再來接我的……」

「阿嬤？」

「對。結果她先死了。連個葬禮都沒有。」

不知為何，小夢輕輕地笑了一下。小夢依然站著，我的眼光落在她的膝蓋附近。

「是有幾個人，我對他們能敞開心胸，但大部分人是我無法敞開心胸的。所以我到現在，不太會說話，也不太懂一般正常普通到底是什麼樣子。我覺得，跟貓相處，比跟人相處起來還自在。」

我覺得我懂。

「我第一個貓好友，是迷路的一隻黑貓。大人們都沒給牠好臉色，但是我會背著大人偷偷抱牠。牠叫做咪魯。」

「咪魯。」

「嗯。咪魯的眼睛非常漂亮喔。到了晚上，亮得跟黃寶石一樣。牠會用那雙眼睛，問我今天過得怎麼樣。我便回牠今天發生了這件事、那件事。我很清楚感受到我正在跟咪魯講話。應該是在那之後吧，跟貓相處久了，漸漸地就把牠們當成我真正的家人了。開始到新宿工作後，我也是只要見到貓就會去跟牠聊聊天，然後畫牠……」

「也給牠們取名字？」

「對啊。」

「妳都怎麼想名字的？」

「就……」小夢像惡作劇被抓個正著的孩子一樣，眼眸低垂。「有些名字是取自客人的形象的。」

她低著頭，嘿嘿嘿地笑了。

「其他就照貓咪的特徵取。像豆太郎就是因為牠體型很小。」

「啊，是豆太郎。我很喜歡牠。」腦海裡立刻浮現出那隻舌頭從旁邊伸出來的橘虎斑貓。

吃飽了的貓咪們，開始在小夢和我身邊躺下。小夢蹲下來，給牠們摸摸頭。貓咪們舒服地發出呼嚕呼嚕的聲音。

「夢來應該是懷孕了。」

「真的嗎？」

「雖然我有點訝異怎麼是在這時節，不過等小貓咪生出來，就會知道爸爸是誰了。」是聽得懂我們在聊有關於自己的事情嗎？夢來瞇著眼睛磨蹭小夢。牠的肚子確實特別大。

「貓咪家族成員圖，其實就是我的家族成員圖。」

「嗯。」

「雖然其中有些貓再也沒有出現了，但牠們依然是我的家人。」

在熄燈打烊的花梨花內，貓咪家族成員圖就貼在冰箱門上。我現在突然好想看看那張圖。

小夢停下了摸貓的手，欲言又止地說：「我在想呀……」

「嗯？」

「消失了的貓，牠們去哪裡了呀？」

「這裡是新宿嘛，人也好、貓也好，都可能隨時消失的呢。」

的確有些家族成員圖裡的貓，我從未見過。譬如黑貓史丁格、橘虎斑貓大次郎、玳瑁貓琉子和三花貓繪里。

「有些貓則是我無法忘懷的。」

「哪隻貓呢？」

「翔太，一隻賓士貓。」

「牠是托托和可可的兄弟嗎？」

「我想不是。翔太比牠們還年輕，而且很俊俏。」

「俊俏啊。」

可可剛好在這時候到我腳下理毛。我給牠摸摸頭，牠就發出撒嬌的聲音，翻過身露出肚子。

「因為小夢很疼牠們，這些孩子都不怕人呢。」

「是沒錯……但是，這裡總有一天會被摧毀的吧。我真不知道該怎麼辦才好。」

「貓口這麼多，也不能全帶到花梨花去養呢。」

「餵養牠們，又會有人不高興……」

「愈來愈多人主張不要餵養流浪貓呢。而且這裡這麼多貓，數量也是個問題。」

「就是啊……但是我又無法狠下心棄之不顧。」

她摸著貓，不時望向新宿夜景，暫且無語。

我從未料到，一張可愛討喜的貓咪家族成員圖，竟藏著小夢悲慘陰暗的過往。無論這是如何不求利益的請求，這樣的背景都不是我能輕易將「想拍成戲劇」說出口的。

「那個……我就直說了，可以嗎？」

也許是從我的表情讀到我的心思吧，小夢的言語稍微委婉了一點。但她接下來所吐出的話，讓我跌破眼鏡。

「就是，貓咪今後何去何從是個問題沒錯……但我擔心小山會比這裡還更快毀壞。」

「啊？咦？」

有幾秒鐘的時間，我感到自己臉紅脖子粗。但小夢卻直視著我。

「小山，你總是心力交瘁的樣子。」

「唔，也許是吧。」

「因為你正在做不適合的事情。」

「沒啦，我自己也很清楚。」

「你有說過，機智問答有四十九題不被採用，對吧？」

「是，我有說過。」

我心裡想著為什麼連小夢都要數落我，臉上勉強擠出了一個笑容。

「因為我異於常人吧。」

「忘記是什麼時候講的，不過我記得小山有說過一句話。最適合用在人生懷才不遇時的，是什麼話呢？」

說起來，我依稀記得這是跟木屐搖滾樂手還是誰講過。

「這題的正確答案，是『未蒙眷顧者，方為天選之才』對吧。」

「嗯，沒錯。」

「我聽到都感動到要流淚了。因為我覺得這句話是真的。也許它算不上是機智問答，但我認為它是一句很棒的話。所以我才會覺得，小山另有適合的一片天地。」

我不知道該回些什麼好，只小聲囁嚅了一句「謝謝妳」。但小夢的話還沒說完。

「難道你不是在為了盡可能觸及更多的人，而做一些違背真正心聲的事情嗎？」

「是吧。不過，那也是因為電視廣播本來就是對大眾播出節目的關係啊。不管怎樣，就是會去想到那些坐在客廳裡看著電視的大多數觀眾呀。」

「所謂的大眾，人在哪裡？」

「不是，就是說……」

我的眼前浮現出那塞滿了新宿站的人山人海。那毫無疑問是大眾。

「所謂的大眾，是真的存在嗎？你連大眾在哪裡、到底有沒有都不知道，卻想對著虛無飄渺的大眾述說些什麼，結果終究什麼也述說不了，不是嗎？所以你才會總是那麼心力交瘁，對吧？」

「呃……」

「真抱歉，我太自以為是了。」小夢低垂著頭。

「不會，沒關係。謝謝妳這席話。我想，妳說對了。」

雖然如此老實坦承，但我卻感到彷彿有個黑洞從夜空中直降而下，而我就掉進那黑洞裡了。我張嘴結舌，想說些什麼，但卻一個恰當的字眼都想不出來。

「我覺得，小山你……當詩人比較好。」

「詩人？」

「小山的隻字片語，常常閃耀著光芒。那是能確實觸及到某一個人的話語。」

「觸及到某一個人？」

「就是觸及到我。」

我動心了。

我很清楚地知道，我對小夢動心了。

究竟該不該站起身來？我真是糾結得快要窒息。我有種感覺，只要這時候走近小夢、摟著她的肩膀、與她深情凝視，我倆自會刻劃下全新的篇章。但那也許是我想太多。小夢在認真跟我講的，是我的生活態度及看待這個世界的問題。

站起來的，是小夢。她停止摸貓，去打開窗戶。冬季的冷風灌入這個空間。醉客的喧鬧、酒吧播放的音樂，成了輪廓鮮明的響聲劃過肌膚。貓咪們像是在應和一樣，開始叫了。

「我啊，有時候會寫詩。」

「詩？poem的那個詩？」

「是的。那個，雖然有點不好意思，但你可以聽聽看嗎？」

「嗯，那當然。」

說是這麼說，但這樣又是一個出乎我預料的進展。我對小夢的印象還停留在繪圖，還無法立即將她與詩歌連結起來。小夢從放在地上的布包抽出一本筆記本，唰唰地翻到某一頁。

「就唸這首好了。」

小夢拿好了筆記本，給了我一個帶著好幾次眨眼的微笑。然後她慢慢地指著坐在旁邊的可可。

「可可。」

可可好像聽得懂牠的名字，直豎起尾巴，輕輕地喵了一聲。

「我要讀你的詩了喔。」

我望著小夢的雙唇。冷風吹入，解開了馬尾的髮絲在臉頰旁搖曳生姿。

可可

小巷再轉進暗弄
蒲公英就在那兒盛開。
我輕巧巧地嗅。
新奇的芬芳。它就名為蒲公英。
獨一無二。

小巷再轉進暗弄
紅磚瓦上停著一隻燕尾蝶。
我一靠近，他便振翅高飛，天上有形、地面有影。
那影子橫掠過我。
獨一無二。

小巷再轉進暗弄
星星在天上歌唱。
當我靠近星星，也離夜空的心好近好近
有顆星星飛過去了。
那是為我而飛的。
獨一無二。

讀完了詩，小夢闔上筆記本。儘管她朗讀時依然漏風，但用字遣詞卻帶給我不可思議的感受。我錯過了鼓掌的時機，逕自將雙手交叉在胸前。

「我有讀給可可聽過。今天還是我第一次讀給人聽。」

「嗯。」

我還沉浸在那股與初見貓咪家族成員圖時截然不同的感受之中。既沁入我的心脾，掀起狂風巨浪，竟還帶著一股愉悅。最無可言喻的是，我從這個有小夢、有可可的陰暗空間，窺見了嶄新的世界。

「小夢，謝謝妳。」

「不會。」

「該怎麼說好呢……我覺得妳寫的詩很美。好像，一個全新未知的世界豁然展開。謝謝妳讓我看到新世界。」

小夢害羞地微微笑，微微歪頭問我：「你有寫過詩嗎？」

「這個嘛，我也不知道。」

小時候有寫過。晚上父母就寢後，我會狂寫猛寫。中學時期，也曾在筆記本上盡情揮灑。

但我不確定那能不能稱為詩。

「你其實有寫過吧？」

我想我是用一種困惑的表情望向小夢。小夢慢慢地浮起了笑容。

「你願意的話，我們一起寫吧。」

「咦，跟我？」

「因為我認為，小山不是那種寫大眾取向的東西的人。你的創作，是觸動某一個人心弦的那種文筆。」

「妳該不會……是要我寫詩？」

我想不論我有沒有說出口都會是一樣的結局，不過我還是想把今天約她出來原本的目的告訴她。

「本來啦……本來是……我想寫一齣有關貓咪家族成員圖的劇本，真的很想寫下來。所以就很想知道小夢之所以畫那張圖的理由。因為我有預感，這件事情一定會對我也至關重大。不過今天，聽妳說了之後……我想，既然要寫成劇本，就必須將小夢是在兒少安置機構成長的事情、在這座廢墟與貓一起過活的事情都寫進去，否則這劇本便無法比現實還精彩了。」

「你說的對。」

「但是，我已經答應妳，不將在這裡的所見所聞告訴給任何人知道。如此一來，我就不可能寫了。我現在腦袋一片混亂。也不是說心情不好，應該說，完全相反。」

「其實，沒關係的。如果這件事情能讓小山工作充滿幹勁，那麼你就寫吧。」

小夢此時將那本詩集筆記本收回布包，然後取出了一個細長型的包裹，上面還繫了紅色緞帶。

「那個，小山，這是給你的耶誕禮物。」

「真假？」

「不是什麼貴重的禮品就是了。」

我從小夢手上接過禮物，拆開緞帶及包裝紙，再打開盒子。裡面是一支寶藍色鋼筆。

「哇，是鋼筆，而且還這麼漂亮……」

「這附近有間很小的工作室。我在書寫詩句的時候，也都是用這家工作室的鋼筆。」

「謝謝妳。我才是讓妳破費了。」

「它其實沒有那麼昂貴啦。」

「我應該是人生第一次用鋼筆喔。」我從盒子裡拿出鋼筆，親手試試看握筆的感覺。

「因為常常需要重寫，所以我平常是用鉛筆寫草稿的。交稿的時候才會用簽字筆寫。我想幾乎沒有人拿鋼筆來寫的喔。」

「劇本也好，詩歌也好，只要是你喜歡的字句，就請用那支鋼筆寫下來吧。」

「嗯。我真的很謝謝妳。」

我看，這真的是最後時機了。只要輕輕將她摟過來就好，只要互相深情凝視就好。

「那，小山，我們回去吧。」

「啊……回去？」

「再不去車站的話，末班車就要跑嘍。」

跑了就跑了，又沒差。雖然我是這麼想，但小夢開始撫摸貓咪們，這樣一來整個氣氛都不對了。我只能大口深呼吸，勉強將湧升起來的情緒壓抑下去，然後默默地將背包及紙袋內的貓飼料貓罐頭拿出來，一個一個整齊放進收納櫃裡。

八

隔天上午，我被永澤先生嚴加追問。由於我不肯交代缺席企劃會議的原因，讓永澤先生火冒三丈。事務所對我工作上的行程瞭若指掌，所以「因為處理一些曙橋電視台的事情就缺席了」之類的藉口是行不通的。要編個藉口也是諸如「身體不太舒服」、「有點發燒了」這類型的，但為了與小夢見面而非得撒這種謊不可，這對我來說才是真正無法容忍的謊言，心理上實在難以接受。

對在永澤底下工作的人來說，最重要的當屬企劃會議。不管是維持手上現有的節目，抑或是開闢明年的新單元，除了構思、構思，還是構思。包含我在內的影視企劃儲備人員，都被要求對會議上所有主題提出好幾個不同的構思。所以缺席這項會議，會被視為脫離了事務所的方向、對永澤先生舉起反旗，這也是無可厚非的。

「那你的意思就是說，你也不是生病了身體不舒服，就只是不想參加會議便缺席了是吧？」

「也不是那麼說啦。」

「那你到底是為什麼缺席啊？」

永澤先生氣到敲桌。在同一間辦公室寫稿的摩利先生及其他員工，時不時地偷瞄這邊的情況。

「我很抱歉。」

我低頭不下千百次，道歉也不下千百次。永澤先生看來是氣到手腳發麻了吧，他大口喘氣，仰頭望著天花板。眼裡噙著淚水。這一切都是永澤先生再也無法壓抑情緒的徵兆。

「我知道了。那，你就接受處罰吧。」

「是。」

「我想你年底也是忙翻天啦，但是赤坂電視台那個考生問答的樣本，要寫的數量很可觀。」

那個節目預計明年四月播出，由當紅漫才師擔任主持人，向坐在來賓席的藝人們提問，而問題內容皆以國中（七至九年級）以及高中的考題所衍生出來。赤坂電視台將它作為春季特別節目，想捧為黃金主打。

「總之呢，這個特別節目的第一集做爛了的話，後面都不用做了。我要大量有趣的機智問答。你過年前能不能提出五百題？」

「五百題？」

就算他說過年前交出來就好，但到除夕為止只剩不到十天了。我還有其他非完成不可的工作，這樣的工作份量是不可能完成的。然而，我也無法說我做不到。

「好的。」

「反正啊，你做了五十題也只被採用一題啦，五百題能用的有幾題也就差不多那樣啦。只是說，你不用從頭開始想，不用那麼麻煩。你去書店找問卷、評量，能買多少就買多少。有看到什麼有趣好玩的問題，稍微改一下做成樣本就行了。」

「好的。」

「啊，還有，我之前有交代你要做的事情吧。曙橋電視台的歌唱節目。那個，你有什麼想法沒有？」

「啊……」

這我疏忽了，完全忘記有這件事。這也是預定在明年春季播放的黃金歌唱節目。曙橋電視台對近期樂迷急速成長的日本搖滾很有興趣。每集節目皆邀請知名搖滾樂團來表演，並與演歌歌手同台較勁，看來似乎想將雙方的樂迷都吸引來觀賞節目。然而，不論怎麼想，搖滾與演歌就像水與油一樣，不可能合而為一的。也因此，電視台的製作人才哭求永澤先生出手的。

「你們聽好了，給我寫一個風格歡樂的節目企劃出來，要能完美融合搖滾跟演歌的。」上上次的企劃會議中，是這樣下達命令的。

「是怎樣？已經給你夠長時間了吧。少說也有一、兩個能看的文案吧？」

「呃……」

我低下頭去。永澤先生不發一語，然後開始在桌面下抖起腳來。膝蓋碰到桌子，發出了喀噠喀噠的聲響。

「怎樣啦？」

「那個……我就直說了，前提上來說我覺得這應該是沒辦法。照現在的狀況看來，只要邀請當紅樂團來，一個小時的節目時間就滿了。再加上一些比較少露面的樂團也就夠了。再硬加上演歌，不論對哪一邊都不好，不是嗎？」

「那種事情我一開始就知道了。我要的是構思啊。」

我看到永澤先生落下了男兒淚。隔了一小段沉默，桌上的塑膠筆筒就朝我飛來了。我閃避不及，筆筒擊中了我的肩膀。裡頭裝著的原子筆、鉛筆，嘩啦啦地散落一地。

「我說你啊，你什麼時候成了製作人了啊！什麼叫做前提上來說覺得應該沒辦法！你要到什麼時候才能摸懂電視圈生態啊？歌唱節目啊，是娛樂公司在買單的啦。讓他們有在經營的演歌歌手上節目表演，這才是大前提！」

這下子，全公司的員工都定格，看著這邊了。體型龐大的摩利先生站了起來。

「永澤先生……怎麼了呢？」

「這傢伙老是不好好學啦！」永澤先生對著想緩和氣氛的摩利先生大吼。「管他再怎麼無理的要求，既然受到委託就給我絞盡腦汁去想，這就是我們的工作。你有拿錢吧，拿錢就要辦事啊！」

我畏畏縮縮地答「是。」

「你告訴我，你拿的錢是從哪來的！」

「永澤先生……不，電視台來的。」

「不對。支撐著電視台生計的是贊助廠商，而支撐著那些廠商生計的是一般觀眾。是在客廳等著看精彩節目的全日本觀眾耶。我這輩子拚命為的，就是為全日本觀眾做節目啊。」永澤先生的聲音開始嗚咽。「就算我沒能念大學，就算我被喝醉了的導演挖苦嘲諷，我也是咬著牙不斷推出各種構思的。然而你卻對這樣過來的我，說什麼前提有的沒的。你到底懂不懂啊！」

我只能無言點頭稱是。

「說到底，你對我們的工作早就沒興趣了吧。你想做的，不是戲劇嗎？那你就去找戲劇的大師跟啊。誰叫我們這裡是做綜藝的事務所嘛。」

摩利先生正在收拾散落的原子筆及鉛筆。有一瞬間，他和低著頭的我四目相對，給了我一個「快走」的眼神。

「我真的很抱歉。」我鞠躬道歉，退步離開。

「給我寫完五百題！五百題啊！」

永澤先生還在朝著撤退的我不斷怒吼。

要買各種國高中評量、問卷，那還是要去新宿的大型書店，才會有比較多選擇吧。我從代代木沿著鐵軌走去新宿，耳裡彷彿還殘留著永澤先生的怒罵聲。

我本來就很忙了，然後再加上五百題，這簡直雪上加霜。而且，照永澤先生那樣的說法，也許我會在春天的時候被解雇。那樣一來，我又得走回頭路，身兼補習班講師及酒保以求餬口了。

幸好，這世界還未對我窮追猛打。天空一片蔚藍，正是典型的東京在冬季時的天空。既清澄又爽朗，這份高遠挽救了我的頹喪，也讓我想起了小夢送我的寶藍色鋼筆。

我該拿那支鋼筆，來寫些什麼才好呢。

也就只是動了這個念頭，彷彿有一道微光照進了我的陰鬱。我就算現在立刻去寫那五百題也只會失神落魄地迎來新年，倒不如先用這鋼筆盡情地寫自己想寫的。墨水也選藍色的吧。感覺只要我在稿紙上填滿了藍色文字，就能開拓出屬於自己的道路。

其實還有另一個預兆，讓我仍能清晰記得早晨我是怎麼醒來的。

我做了一個夢。

夢中，我走在新宿街頭。我的眼睛很靠近地面。青草從柏油裂縫鑽出，而我嗅聞著它的芬芳。近旁有朵蒲公英，隨風搖曳。鵝黃色的小花瓣熠熠生輝，而我也去嗅聞它。

來往交錯的人們都好巨大，我只能抬著頭看他們。但我看到比人們還高的地方，有鳥兒在飛翔，有蝴蝶在起舞。飛鳥舞蝶的影子掠過路面而去，也橫掠過我的身軀。

當日暮西山，整片天空被高樓大廈所分割。有一顆星星、兩顆、三顆。當我凝望著星星時，有一顆流星斜斜地劃過天際，留下一條帶狀的餘暉在幾秒鐘之內消逝。我將這一幕記在心裡。這個世界充滿著輕聲絮語。

這些輕聲絮語在對我述說著什麼呢？

正當我思考這個問題的時候，我就醒了。在夢裡，我不是人，而是小夢詩中的可可。我化為可可，走在街頭，看著這個世界。

走在往新宿的路上，我彷彿又化為貓身，仰望天空。走在看不見的路上。這條路的入口響起永澤先生的怒罵聲，而寶藍色鋼筆則已經在出口等著迎接我了。我每走一步，都在探索著語文的寶庫。

我在新宿的大型書店買了三本國高中問卷評量。永澤先生吩咐說能買多少就買多少，這麼說來我應該要買更多才對。但我沒那個心。隨手拿起來翻閱，很明顯地能感受到自己對這些東西沒有興趣。

拿了問卷評量後，我去文具區買了鋼筆用的卡式墨水。我挑的是深藍色。然後稍微思考了一下，決定依循自己的內心，邁開步伐，來到掛著「詩、短歌、俳句」指示板的書籍區。我想稍微看看這裡有哪些詩集。

首先，我拿起了文藝雜誌，翻了幾頁看看。雜誌裡刊載了幾位名不見經傳的詩人作品。有些詩句還算能懂，有些詩句則讓我頭暈腦脹。譬如「我倒吊著，滿嘴都是鐵砂，我想我也是向著在妳體內奔馳的千軍萬馬逢迎諂媚的其中一員」；譬如「妳色彩優麗優麗優麗的精緻臉龐，是發著啦哩啦哩啦哩色的啪啪啪啪發電機」。讀來有趣歸有趣，但在理解層面而言，則讓我不得其門而入。我覺得夜以繼日閱讀這類作品的編輯，真是令人肅然起敬。

我想我還是應當去看看連我也聽過名號的詩人作品，於是便拿起了宮澤賢治的《春與修羅》來讀讀。《銀河鐵道之夜》在高中時就有讀過了，當時深受感動。童話《要求特別多的餐廳》及《古斯寇布達利傳記》我也很喜歡。我也在高中國文教科書讀到他的選詩《永訣的早晨》。我還記得在黑板上寫「新宿黃金街」的那位老師，在教這首詩時為學生們做了解析：「賢治他最疼愛的妹妹不幸離世，所以他為了讓這股悲傷凝結成永恆，寫下了這首詩。因此整首詩意境透明澄澈。」那首詩，我就能理解。

話說回來，不曉得究竟為何，一開始讀起《春與修羅》，便覺難以理解。我只能說，懂的部分就懂，不懂的部分還是不懂。他的童話全都好讀易懂，偏偏這首詩晦澀難解到令人不敢相信這是出自同一位作家之手。艱深的化學用語、礦物名稱也堂而皇之地登台亮相。賢治有沒有想過讀者的感受呢？或者，他壓根不在乎讀者是否能讀懂呢？

我稍微側著頭，拿起了萩原朔太郎的詩集。讀了幾頁，總覺得如鯁在喉難以吞嚥般看不下去。《貓》這首詩還算帶給我愉快的感受，但其他詩都讓我感到有點距離。那個有點還挺大的。該不會，是因為我在書店站著看的關係，才會看什麼詩感覺都不對吧。若我帶一本回住處，慢慢翻閱、細細品味，也許他會是與我相當契合的詩人？

接著，我拿起了金子光晴的詩。我曾在大學旁的咖啡店內拿起架上隨意擱置的《馬來蘭印紀行》來看。儘管內容有諸多陌生事物，但讀來有種驚奇感受，相當引人入勝。然而，他的詩集依然晦澀難解。無法理解的詞彙堆砌。其中有一篇詩，描述將一具腐爛不堪的人類屍體挖掘出來擁抱的愛。即使勉勉強強費了一番功夫弄明白了，是會覺得自己達到一個新的境界，不過大致上我應該是看不下去。

我也看了看高村光太郎的作品。他的詩風鏗鏘有力，文字表達無須強詞奪理便能明白。《智惠子抄》的每一篇皆往我心坎裡去，就連黏在愛的反面揮之不去如難纏黑斑一樣的東西，也表現得淋漓盡致。他描寫牛、象或鴕鳥的詩，也讓我抱持好感。只是，他的詩真的太冗長了。

草野心平的詩就很不錯。語彙平易近人、淺顯易懂，卻意義深遠。詩中，青蛙們相繼登場，透過青蛙所見，呈現出身為生物無能為力的悲哀。

我也拜讀了其他幾位日本有名的詩人作品。有些讓我感到契合，有些則否。有些詩句緊緊抓住了我的心，有些則寥寥數行卻怎麼樣也讀不下去。

我又想，外國詩人的作品又是什麼樣子呢，於是便找了阿蒂爾．蘭波的詩來看。我還是因為洋酒廠商的廣告才知曉這號人物的。

寫著崛口大學譯。我試著讀讀看《醉船》這篇長詩。總覺得完全看不懂。歐美的詩重視押韻，所以照著翻譯出來的意思去感受詩的韻律是沒有意義的，不過就算除去這一塊，還是看不懂。作者似乎是嗑藥、酗酒的人，這些詩大概是在情緒high到最高點的時候寫下的吧。崛口大學文謅謅的翻譯也讓我抗拒。也許有人會覺得格調很高尚吧，但對格調不高尚的我來說，那文言日文早就在我看詩之前成了一堵障礙。

那麼，賈西亞．羅卡的詩怎麼樣呢。我翻了幾頁，就放回去了。我想，要是不了解羅卡所生活的那個時代的歐洲，便會看不下去。我可沒有那種海納百川的教養。

也來看看女性詩人的作品吧，於是便從書架拿下了艾米莉．狄金森的詩。全是短詩。雖無難解詞彙，但她的文字表現卻出神入化，每一篇作品皆散發著閃耀的光芒，讓我對她懷抱著憧憬與想像。她用女性獨有的細膩，以布料、寶石來形容麻薩諸塞州農地裡夕陽西下時的景色。感覺，她的詩跟小夢的很相似。

最後，我各買了兩本草野心平與艾米莉．狄金森的詩集，打算各拿一本回禮給小夢。

排隊等待結帳時，我忽然想到，不僅詩人各有個性，讀者亦然，因此這世上才會有如此多樣豐富的詩歌留存。我只能以我自己的個人的性格去感受詩。假設所有讀者皆具有與我相同的感受，則書架上的那些詩人多半無法留名至今吧。

這樣一來……原來如此，詩不是大眾取向，而是一對一、面對面的對談。即使最後成為大眾讀物，詩這種體裁依然是建基於個體與個體的心靈交流。小夢在摩鐵廢墟裡對我說的那些肺腑之言，居然是在書店的收銀台前透徹頓悟。

年底前要寫出五百題機智問答。掐指算算期限，應該連一秒都不能花在去新宿喝酒上。不過，我想將那兩本詩集交到小夢手上，只喝一杯應該還行吧，便往花梨花去。

一打開玻璃門，就看到小夢露出驚訝的表情看著我，然後才對我展現微笑。吧檯座位已經快坐滿了，只剩跟燒烤台反方向的最底端還空著。雖然見到蛋頭先生、鋼鐵先生及表演家的身影，但佔據了吧檯正中央的，是鳥巢頭和三個西裝男。

我一就座，小夢就端著熱毛巾及小菜來了。小菜是燉煮羊棲菜。小夢看了看我，努一努嘴示意，然後朝著西裝男的方向看了一眼。我心領神會，她在暗示：「有可疑的傢伙來了。你自己多當心點哦。」

我點了HOPPY及烤雞串拼盤。整間店都快坐滿了客人，看小夢忙進忙出的，今天我就沒點烤青椒了。

「還是那句老話啦，那麼大一片土地到現在都還被小酒吧霸佔著，這真是太不公平了。」

西裝男們貌似已喝了不少日本酒，對自己的大嗓門毫無自覺。目測皆約近五十歲。若以動物來形容，其中一人神似長鼻猴，一人像矮腳雞，另一人則讓人聯想到黑豬。「啊哈哈，還好啦」鳥巢頭順勢接話，拿著銚子幫他們斟酒。看來他們正在談論有關炒新宿黃金街這塊地皮的事情。儘管這是我不太想聽到的話題，但他們的聲音實在大到擅自傳進我的耳朵，擋也擋不了。我就以當時我在練習寫的劇本形式來呈現。

長鼻猴　嘻嘻嘻。反正啊，這是離新宿站這麼近的超一等地喔。那些莫名其妙亂七八糟的酒吧霸佔了這片地，到底是怎樣啊。國家的首都怎麼到現在都睜一隻眼閉一隻眼咧，嘻嘻。

鳥巢頭　唉呀，別說什麼睜一隻眼閉一隻眼啦，誰叫政府的人也是到這喝嘛。

矮腳雞　是沒錯啦，我們自己也是在這喝啦，也是了解想喝一杯的那種想法，呵呵。但是啊，日本國民有一半是不喝酒的。女人、小孩、老人，對這些不喝酒的人來說，這區根本就沒有意義嘛。

黑豬　噗——。有很多人認為這裡很可怕，一點也不想靠近的耶。有那種穿女裝攬客的啦，還有人醉倒路邊的啦。我話是不說死啦，但這裡也不是會帶老婆小孩散步的地方呢，噗——。

鳥巢頭　唉呀，畢竟這裡原本是藍線嘛。

黑豬　藍線？那是什麼噗——？

鳥巢頭　有國家准許的合法賣春地帶，叫紅線。國家沒准許的非法賣春地帶，就叫藍線。這是警察行話，到昭和三十二年實施賣春防止法之前，都是這樣分的。

黑豬　那就是說（吸了吸鼻子），會在那種小酒吧裡賣春噗——？

鳥巢頭　那是以前的事情了。

矮腳雞　但到最後，那股骯髒不潔的印象還是會某種程度殘留到現在吧，呵呵。就像沉重的空氣滯留在那一區。所以我說啊，掃清那片區域，在某種意義上才公平嘛，呵呵。不來個土地普查一下是不會清楚的啦，但我敢說那麼大一片地啊，蓋個五十層大樓都不是問題的啦，呵呵！

長鼻猴　嘻嘻嘻。那我們在那棟大樓裡面設一個公共圖書館吧。這樣一來，那地方就會變成一天有幾萬人次在使用的地方了。東京的一個新名勝，就此誕生，嘻嘻。

我　那個……你們是說，五十層大樓會比黃金街還有價值嗎？

沒錯，我就是這麼做了。

不插嘴其他客人的交談，這是喝酒的不成文規矩。如果是眾人皆會開懷大笑的歡樂對話，那倒是無妨，但若是可能擦槍走火引發爭論的話題，便默不作聲地喝自己的酒。這是古今中外皆然的規矩。

我明知故犯，話還是出口了。我無法接受他們否定黃金街至這種地步的理由。他們這群傢伙，根本是戴著厚重的有色眼鏡在看這塊地方。

我的內心敲響了警鐘，要我馬上住口，但我話既已出口，便再也停不下來。

我　高樓大廈已經夠多了吧。但是我的想法啦，黃金街今天已經形同戰後的文化聚落，一旦消失了就再也無法復甦了耶。

矮腳雞　啥？我講難聽點啦，你是說拉皮條人妖跩人家袖子叫做戰後的文化？喝個兩杯還要擔心受怕被敲竹槓叫做戰後的文化？呵呵。（張開雙翼恫嚇）

鳥巢頭　唉呀，好了啦，畢竟也是有很多電影導演啦、作家之類的文化人聚集在這裡啦。這個年輕人講的也不算錯啦。

長鼻猴　嘻嘻。我們也不是說不懂你想講什麼的啦，嘻嘻。但是啊，你（瞇眼睥睨我）可別以為全世界的人都跟你想的一樣比較好喔。在那邊蓋一棟大樓，會有多少人能受惠？要是你有一顆年輕又靈活的腦袋，就好好想想吧，嘻嘻。

我　所以你是說，大眾能用的就是好，小眾的樂趣就是壞嘍？

黑豬　噗——。你在說什麼肖話啊，噗——（從椅子上站起來）。喂，這傢伙怎麼回事啊，噗——。干你屁事啊，噗——。

鳥巢頭　好了好了好了（安撫著黑豬的背），大家都喝了點酒，是吧？各退一步吧。小山啊，你別再插嘴我們的話了啦。歹勢啊。

我　（默默地猛然站起）

黑豬　幹麼啊，噗——。要動手是不是？

矮腳雞　打就打啊，呵呵。

我　沒，我才不幹。（看向小夢）不好意思，結帳。（表演家不知為何在此時站起）

表演家　小山說的沒錯啦。你再多說一點啊。這些傢伙只會講錢錢錢，一點文化也沒有。

長鼻猴　嘻嘻？
（表演家旁邊的鋼鐵先生也慢慢起身，擺出健美的標準姿勢以展現他上臂有多粗壯）

黑豬　這間店是怎樣啊，噗——！

小夢　夠了！

這一聲真是中氣十足。醉意瞬間消散，劇本夢也醒了，回歸清醒的文字路線。小夢狠狠地死盯著鳥巢頭和我。左眼不停地顫動。三個西裝男面面相覷，竊竊私語：「走人嗎？」

我很清楚，我又失敗了。我也不知道什麼叫「又」，總之不斷地失敗就是我的寫照。我明明就是有選擇障礙的人，還做出這種事。不對，應該說，正因為我有選擇障礙吧，才會老是一時衝動把還沒梳整好脈絡的話語或行動付諸實行，然後讓某種什麼美好化為烏有。小至烤雞串要鹽味的還是淋醬的，大至連自己的人生都是這樣白費掉了。

話說回來，不笑的小夢的左眼，實在是破壞力驚人。我彷彿被潑了三桶冷水。

小夢的表情還沒和緩下來，就拿著結帳單給我。

「我很抱歉。」我付帳時向她道歉。

小夢沒有回應我。我接過找零，經過所有客人，讓他們全都做起體操，包括那三個西裝男。當我握到玻璃門把的那瞬間，我想起來那兩本詩集還沒交給小夢。不過今天這樣子，我看還是算了吧。我甚至想，要是今天沒來就好了。

一出了花梨花，眼前就是那棟摩鐵廢墟。昨晚種種又浮上心頭。我跟小夢兩人坐著，俯瞰整片黃金街。貓咪們在旁陪伴。送我的那支鋼筆，和鮮豔的寶藍色。她說希望我不是寫給大眾，而是寫一對一面對面的作品。那一切似乎已化為夢幻泡影，離我遠去。

回到住處，那支寶藍色鋼筆靜靜地在我桌上。我將它收進抽屜，翻開了問卷評量。翻著翻著，我看到有一題是理組科系的入學考題，要考生回答每個季節的颱風路徑。題目是夏季的颱風與秋季的颱風路徑會不同，請選出「最有可能」的路徑。然後題目提供了一張圖，在日本列島的南方畫著五條路徑。以此要考生回答是這五條的其中哪一條？

我覺得這可以用在節目上。但我開始懷疑。颱風才不會照著人類的預期來行進。每年大概會出現一次不按牌理出牌的颱風。即使將每個颱風的路徑平均起來，每一個颱風仍會因當下的氣流、氣壓條件而出現不同的行進方向，不是嗎。所以這句「最有可能」，其實體現的是大數據理論，是收集了大多數颱風的數據後平均出來的結果，而無視個別颱風的表現。

如此一來，恐怕我不能拿實際上侵襲過日本的強烈颱風路徑來當機智問答的問題。如果是有歷史紀錄的颱風，我也不用去牽扯到什麼平均還是最有可能，可以單純以事實來做成題目。

然而，這件事情又再次提醒了我，我不適合待在電視圈。強烈颱風肯定會造成災害，也會出現傷亡。應該也會有遺族遺憾著「要是沒有那場颱風……」。這樣的人，偶然看到這樣的節目內容，心中會作何感想？至少，這也不是會在黃金綜藝節目上熱烈討論的話題。

為此又不禁感到挫折。

與小夢共度的昨晚真是太美好了。今天大白天的就被永澤先生罵個狗血淋頭，還被丟筆筒。因為我草率的發言破壞了花梨花的氣氛，讓小夢難為。詩集也沒能交給她。我今天一整天根本是被捲入了突然冒出來的不按牌理出牌的颱風。不，我自己就是那個颱風。

我嘆了一口氣，將問卷評量推到桌子一邊去。看看時鐘，已經過十一點了。這時間，小夢一定在那座廢墟裡摸著貓吧。

「電話號碼……」

我獨自碎碎唸。我將自己的電話號碼告訴了小夢，所以她才打電話給我。但我卻不知道小夢的電話號碼。為何小夢不告訴我呢？

果不其然，是有男友吧？

我想像著理所當然的事。小夢二十二歲，有男友也沒什麼好大驚小怪的。

說起來……。

小夢說過她一直在找一隻賓士貓翔太。翔太這個名字是怎麼來的呢？至少可以肯定，不是花梨花的熟客。

「他真是隻俊俏的貓啊！」

她總是一個人自言自語。姑且不論那隻賓士貓俊俏與否，這一切不就表明了名字由來的人類翔太，就是小夢喜歡的類型嗎？

所以她才會至今無法忘懷，還在尋找貓咪翔太。也就是說，她也還無法忘卻人類的翔太！

我大嘆一口氣。這樣的糾結，放在高中生身上那還合情合理，我都這種年紀了，到底在做什麼呀我。

我從抽屜拿出了那支鋼筆。拆解鋼筆筆身，將卡式墨水嵌入機構。筆尖是金色的，雕刻著18K的字樣。將筆尖放上筆記本全新的扉頁上，墨水就滲出了一個點。我慢慢地移動筆尖，白紙上便出現了深藍色的線條。

我已顧不得小夢有無交往對象，喚醒了內心深處埋藏著的強烈情感。拿出這支鋼筆，正是時候朝著全新的里程碑來書寫文字。

亦即，我該用這支鋼筆來寫以貓咪家族成員圖為題材的劇本，或是跟小夢一起書寫有關貓咪的詩，二者其中之一。

鋼筆的筆尖還停留在紙上，墨水已然在筆記本上暈染開。

這支鋼筆所寫下的第一行，也將會是我今後命運的第一行。

好了，來寫吧。

我寫下了「波普」。

今天，我一坐下來，黑貓波普就從窗外的水泥圍牆走過。波普在店裡燈光照得到的地方暫時停留了一會兒，盯著每個客人的臉，包括那三個西裝男。牠的眼瞳裡彷彿藏著金色小翅膀。西裝男之一有注意到牠，說了：「喔，有黑貓」。接著另一個西裝男表示：「真不吉利」。鳥巢頭自己玩了那麼多把「貓睹」，卻一句話也沒幫貓咪們護航。也許是鳥巢頭自己也很清楚，偏見、刻板印象並不是幾句話就能化解的，恐怕是無論說什麼也無濟於事。

然而，像我和小夢這樣連貓咪眼瞳裡的光輝都深深著迷的人，是用一種與他人截然不同的角度來看待與貓咪們的邂逅。貓咪們是來悄悄訴說的，那與牠們眼神交會到的人們的命運。用一種只有貓咪與極少部分人才懂的語言。

波普

我是一隻喜歡待在圍牆上的貓。
我在無人能及的高處看望著你。
但我絕對不會墜落。
因為我知道如何不墜落呀。

你了然於胸似地竊喜。
可要當心了啊。
暗自盤算的人不是只有你。
暴風善變，而命運總是轉著漩渦。

既然與我四目相交，
那一天便不遠了。
你未來樣貌無人知曉。
我在暗處嗅聞著命運的氣味。

可要當心了啊。
險些墜落時，
就慢慢走吧。

如此便必不致墜落。

我在無人能及的高處看望著你。
就在你的身旁，吹起了一股澄澈清風。
來吧，睜開雙眼，傾聽那股風聲。

行文至此，我擱下了鋼筆。我的詩所呈現出的風格感受，與小夢相差甚遠。與其說是詩，還更像是貓咪的警告，或是占卜之類的東西。

我的腦海裡，浮現了全新的字彙——「貓卜」。不過，正因為是占卜，這首詩不適合給眾多的人看。這大概，是為窮途末路的我所寫的。

今晚，是否會有夢呢？

從圍牆上，窺看著花梨花的吧檯座位的夢。

不對，我沒時間睡覺了。

九

電視廣播的節目製作人員，在過年期間前後是別想休息的。為了輪番上陣的特別節目，他們會將全世界的熱鬧溫暖拋諸腦後，全心全意不眠不休地持續工作。

而且我還被永澤先生強塞了大量的機智問答。我已將小夢的話放在心上，於是我不再採取面對大眾的漠然心態，而是以向著在花梨花廚房內忙碌的一位女子面對面一題題好好問的態度，來製作這些題目。

如果我不這麼做，便不可能在短時間內生出五百題機智問答。我想，這股專注力，並非來自對工作所應當要有的認真負責態度，而是來自心底泉湧而出的特別情感。

房東太太一眼就看穿了。我去繳交一月份的租金時，她側著頭說：「唉呀？」

「怎麼了嗎？」

「你是不是，最近有什麼好事呀？」

我還沒意會過來，只聳了聳肩回答：「哪有的事，我年底忙得一塌糊塗。」

「但是小山，都寫在你臉上了喔。」房東太太用這句似乎從江戶時代流傳下來的發語詞接話，然後兩眼發光地問：「是不是，有心上人了呀？」

「哪有哪有哪有！」我對著整張臉都湊上來的房東太太雙手使勁地搖，才能打斷她繼續追問。然後一面小聲反覆了上百次「沒有沒有沒有」，一面回自己住處去。一面用力拍打自己的臉頰。

以結果而論，我終究未能在除夕前完成，但撰寫機智問答的時光卻與先前再也不一樣了。這已不再是責任義務，而是由我自動自發地創作出具趣味性的機智問答。好不容易編到第500號的時候，已經是正月初五的傍晚了。大概是太累了吧，當我手肘撐在桌子上，竟有種桌子變形扭曲的幻覺。我對自己說聲「想做還是做得到的嘛」，然後也沒換上家居服，直接穿著毛衣與牛仔褲鑽進被窩，就在堆積了完稿的桌子旁。

當天深夜，電話響起。我在黑暗中摸索到聽筒，耳邊傳來了「恭賀新年快樂」。那是我魂牽夢縈的、有點大舌頭、有點漏風的口音。我有氣無力地回禮：「新年快樂」，順便向她說聲抱歉，跨了一個年，算算我已十天以上沒去花梨花了。

「那點小事，請別放在心上。」語畢，小夢換上嚴肅一點的口氣說：「可以的話，我希望能見個面，有些事情想對小山說。」

小夢的這句話，溫暖得彷彿環抱著我一般，讓我從無盡深淵回歸人世。

「嗯，好呀，我很樂意。」

「那明天晚上，小山方便嗎？我想在那個地方跟小山聊聊。」

「那個地方，是指那個摩鐵嗎？」

「是的，沒錯。」

又得以兩人獨處在那裡了。貓咪們應該會在腳邊陪伴吧，但最令我期待的，是我能與小夢好好互訴情衷，不受任何人打擾。我昏暗的房間內，浮現了那座廢墟的極致夜景。幸運的是，明天晚上沒有其他事情。

「沒問題，我會過去。」

「太好了。」

小夢的聲音裡沒有半點虛情假意。她那帶著點興致的語氣，多少賦予了我勇氣。我終究還是將那句至今不敢開口詢問的話說出了口。

「小夢，妳願意的話，可以告訴我妳的電話號碼嗎？」

雖然心裡還是有點不安，但我還以為應該會回我「好」的。然而，我只得到小夢的一陣沉默。接著她才小小聲地說：「抱歉。」

「為什麼？」我老實地直接反應出去了。

「那個，我現在不太方便……我很抱歉。」

「嗯。」

「總之，明天小山會來的吧？」

「嗯。」

「我很期待，真的很期待。那麼我掛了。」

「好。」

我聽到話筒輕柔地放下的聲音，然後電話便斷了。她不肯告訴我電話號碼，這實在讓我太意外了，我的身體有一半又被拉進了深淵。

「什麼……為什麼？」

我的腦袋開始刺痛。

「果然，她有……」

我望著昏暗的天花板，想像小夢說位於池袋的住處。如果一起住的只是朋友的話，那她就應該會告訴我電話號碼。既非如此，那麼肯定是因為那個人是特別的。

我想起了小夢持續在尋找的那隻賓士貓翔太。人類的翔太，意外地就在她身邊，不是嗎？才剛因為那股溫暖而感到精神一振，瞬間又恍若碰到了冰冷的玻璃一樣刺骨。我將棉被蓋住頭，闔上眼睛。我連整個身體都在不斷萎縮。儘管如此，小夢的那句「我很期待」，依然讓我緊抓不捨。

隔天，我寫了幾首形似占卜師卜辭的貓咪詩後，便前往花梨花。小夢依舊以淺淺的微笑迎接我，指著吧檯座位的一個空位。

「小山，新年快樂啊！」坐在燒烤台前的鳥巢頭朝著我主動搭話。他旁邊是輕輕舉手示意的木屐搖滾樂手與娜塔莎小姐。

小夢指給我的座位，在表演家與富士山鬍子旁邊。這兩個人正在表情嚴肅地講著話，我怕會掃到颱風尾，便去坐最裡面的座位。這座位可以清楚地看到位於收銀台前、貼在冰箱上的貓咪家族成員圖。

「The Checkers解散了呢。」
我旁邊坐著阿功先生。他的手指顫抖個不停，肯定從一大早就喝到現在了。
「啊，好像是喔。」
「你看過紅白了？」
「沒，我在忙其他電視台的工作。」
阿功先生在我面前豎起了他顫抖的食指。這是要我好好聽他說話的手勢。
「小山總是很忙碌啊。忙這個字啊，寫起來就是讓心死亡喔。整天忙碌，這並不是值得誇獎的事情。」
這點我也很清楚，但我也不敢反駁，轉而向小夢點了烤雞串拼盤和HOPPY。
「南斯拉夫也解體了呢。一旦解體，就會進入戰爭耶。」
我是覺得將樂團The Checkers跟國家南斯拉夫相提並論有點不搭，但也只隨口應聲「是呀」。
「塞拉耶佛居然會變成那個樣子，奧運那時還真想像不到呢。」
「就是啊。沒有人知道什麼時候會發生什麼事情，只有這點才是這個世界的真實。所以說啊，相鄰為伍的彼此還是要盡量保持良好關係才好。」

儘管我覺得這結論太牽強，但我還是接過了小夢端出來的HOPPY，跟阿功先生乾杯。之後，阿功先生從柬埔寨內戰到《Quiz Derby》的終結，天南地北地聊。吧檯座位的正中間那廂，如我所料地正在上演熱鬧好戲，表演家與富士山鬍子針對自衛隊在聯合國維和行動中的職責爭論不下，雙方處於一觸即發的態勢。小拉在一個絕佳時機吹起他的笛子，這場面才得以和平落幕，花梨花也才得以回復成平常那樣的氣氛。

這天晚上，沒有客人提議玩「貓賭」。我一邊聽著阿功先生沒完沒了的話題，時不時地看向窗外。有三隻貓出現過，分別是橘虎斑貓花代、玳瑁貓大姐頭和黑貓波普。

我現在已經不用一個一個仔細核對貓咪家族成員圖，就能認出大部分的貓了。波普是我幾天前才寫過詩的。今天則是想像著豆太郎及玳瑁貓琉子的絮語，將之凝鍊成文。儘管我連一次都沒見過琉子，但憑小夢的插圖來判斷的話，牠是一隻讓我感到運氣很好的貓。

十點左右，我告知要結帳。小夢的表情一如既往，站在收銀台前，烤雞串拼盤一個、烤青椒一個、HOPPY四杯，如此一條一條的算給我聽。付款時，我們眼神交會。我微動雙唇，隱晦地送出「待會見」的訊息。小夢微微點頭，便回燒烤台那邊去了。

我在圍著廢墟的鐵柵欄旁等待時，穿著閃亮亮迷你裙的石榴小姐，與另一位同樣打扮的女裝男性手牽著手出現了。這兩人都在這樣的冷天之下暴露腿部。我問他們：「不冷嗎？」石榴小姐扭腰表示：「人家身體裡是燃燒著的，沒事啦。」另一位則開玩笑說：「都著火了啦。」

還不至於等到焦躁，小夢就來了。她今天晚上還是穿著那件皮夾克。

「抱歉，讓你等我。」

「沒關係。我剛剛還遇到石榴小姐。」

我們沿著鐵柵欄走，從那條跟水溝一樣狹窄的通道進入廢墟範圍內。然後靠著小夢筆燈的燈光穿過大廳，走樓梯到四樓盡頭的房間。

早在小夢打開房門之前，就聽到好幾道喵喵聲同時鳴放。貓咪們已經久等多時了。筆燈映照著牠們的雙眸，或如黃寶石、海藍寶石，又似燃燒著的銅線、渺小的漁火，各自閃耀著獨特的神采。

小夢點亮了燈籠，熄掉筆燈。然後從收納櫃拿出飼料碗放在貓咪之間。我則將袋裝貓飼料分別倒進碗裡。豆太郎和花代都在這。褐虎斑貓總經理來我腳邊磨蹭。托托和可可已經開動，能吃便吃，全然不顧牠們的頭已經撞在一起了。白貓女王從稍微遠一點的地方看著這一切。懷孕了的夢來挺著大肚子靠近飼料碗，頻頻抬頭注意我的舉動。

小夢先確定飼料都有分給每一隻貓，然後才將椅子擺到窗戶旁。一座精巧的銀河就在眼前展開，黃金街的燈火所塑造出的新宿夜景依然壯觀。

「不好意思，讓你特別跑一趟。」

「不會，我也一直想來這裡，所以聽到妳邀我，我很高興。」

「聽到小山這麼說，我也很高興。」

雖然小夢這麼說，但我卻見不到土耳其餐廳那天的開懷。這並非環境昏暗所致，而是我以前感受到的那層保護膜又更厚實了。

「那個……我想說的事情……」

「嗯。」

「是有關於這裡的事情。」

托托和可可大概是吃飽了吧，牠們一起過來，用身體側邊磨蹭著我和小夢。我們伸出手去摸摸牠們，牠們便舒服地發出呼嚕呼嚕的聲音。

「其實，我有聽說這裡要開始拆除了。」

「咦？是這件事情？」

是哦。對小夢來說，這絕對是個大問題啊。我深深吸進一口氣。小夢用她的左眼直盯著我。

「我不知道該怎麼辦……」

「嗯。但是，這……」

一陣沉默後，我說出了真心話。

「我們也不能怎麼辦呀。」

「就是呀，我們不能怎麼辦。」

「我們又不可能去阻撓施工。」

「但是我覺得，一旦這地方消失了，會有貓咪活不下去的。」

「像是誰？」

「像是夢來的小孩。她就快生了。」

「嗯——。」

「還有，鼓棒大概也會撐不下去。牠年紀那麼大了。」小夢一隻手按在臉頰上說：「真是頭痛。」

我雙手交叉在胸前。驀地靈光一閃，開口詢問一件勾起我疑心的事情。

「對了，小夢。」

「是。」

「妳說聽說要開始施工拆除，妳是聽誰說的？是之前去店裡的那三個西裝男？」

「不是……」

喵——、咪喵——。貓咪們開始大合唱，想討更多的食物。小夢沒有回答我的問題，兀自起身去拿貓飼料。

難怪，她不肯告訴我電話號碼。

這件事情又掠過心頭。我什麼也沒說，只是幫著小夢分飼料，腦袋裡思考著接下來該說什麼、該怎麼做。

忙完之後坐回椅子，我暫且望著這片夜景。然後才開口打破沉默。

「我們真的是無能為力，小夢。」

「這我也很清楚。」

「我自己的眼睛異於他人，看到的世界也跟別人不一樣，還因此遭到社會排擠。這，也是任何人都無能為力的。」

「是呀。我被雙親拋棄，也是無能為力的事情。」

我感覺到身體裡有一股黑煙，沿著脊椎竄升而上。在人生的經歷上，我和小夢之間的差距也太大了。我頓時後悔了，不該說那句話的。也許是小夢察覺到我的沉默、顧慮到我的情緒，她用一種帶點明朗的聲音說：「所以我……是因為這樣才開始寫詩的吧。」

雖然我沒能立即做出反應，但我仍甚表認同地大幅點頭。

「是的，一定是這樣的。」

我這時想起了那件一定要告訴她的事情。

「嗯。而且呀，妳知道嗎？」

「什麼？」

「那天妳唸了妳的詩給我，我就做了一個夢。」

「咦？」

「妳之前朗讀的是可可的詩對吧。那天晚上，我夢見我變成可可了。我用可可的眼光去靠近蒲公英，還欣賞蝴蝶與流星。」

「真的？真的嗎？」小夢雙手合攏，挺直背脊。

「是真的。所以我就覺得，這就是小夢之所以是小夢。」

「我好開心。」

我連聲呼喚可可的名字。牠聽到了我的呼喚，來到我們腳邊。牠先蹭過小夢，再挨著她坐下，並用牠那凝聚了夜之光輝的眼睛抬頭看著我。

「可可，我有一次夢見我變成你了喔。」我輕撫可可的頭，牠便喵一聲回應我。

「今天，我也讀一首詩好嗎？」

「當然好呀。我期待很久了。不過呢。」

「不過？」

「我也用妳送我的鋼筆寫了幾首詩。我們輪流讀吧，妳覺得呢？」

「哇，你用那支鋼筆寫詩呀。」

「嗯。書寫起來非常順暢。」

小夢忽然雙手十指交叉，按在額頭上。那陰影之下，是找回了溫柔的神情。

我們各自從包包裡取出筆記本。貓咪們又開始大合唱，要更多的飼料，但小夢這次沒有理會，而是拿著筆記本站在窗邊。

「妳要站著讀嗎？」

「難得只有我們兩個人嘛，就站著讀吧？」

「是可以啦。只是覺得，這還真需要勇氣呢。」

新宿的月光灑落在小夢身上，與花梨花燒烤台前的小夢簡直判若兩人。我從未見過小夢的這種姿態，讓我聯想到聖女貞德。

世界各地皆有偉大的女性，毅然決然挺身面對革命或衝突，儘管她們未能名留青史。在我的想像裡，手持筆記本的小夢，散發著那些偉大女性凝聚而成的聖潔。

小夢以新宿夜景為背景。腳邊有貓咪們圍繞著。她說我要開始讀嘍，端正神情。她尚未吐出一個音節，我就已經心醉神迷了。

「今天晚上的第一首詩，是花代。」

「花代、花代，是你的詩耶。要好好聽喔。」

花代正在稍遠處理毛，輕輕地喵喵叫後看著我倆。

花代

花代他呀，自己都不知道。
他出生當時，新宿的天空是什麼顏色。
歌舞伎町繁華喧鬧的嘈雜。
為什麼被生下來。又為什麼在哭。

花代他呀，自己都不知道。
能一躍跳上圍牆的身軀有多靈活。

穿梭在醉客之間，
呼咻呼咻呼咻。
他那對自身能耐的精密計算。

花代他呀，自己都不知道。

他有多會撒嬌。
同時卻又很沒耐性。
還有自己的貓拳打到別人身上有多痛。

但是呢，花代知道的。
黃金街那間UZU的媽媽桑
會偷偷拿吃的給我。
K—K—的媽媽桑
會摸摸我整整一小時。
咪喵喵。咪喵喵。

但是呢，花代依然不知道。
他那圓滾滾的大眼睛
藏著那些礦物學者、博物館員都沒見過的

能自體發光的藍寶石。

而他今晚也橫臥著，花代他

咪喵喵。咪喵喵。

朗讀完整首詩，小夢像是要道歉一般地雙手合十，露出透著點靦腆的笑容。那表情對我有股致命的吸引力，害我鼓掌都慢半拍了。

「不用拍手啦……」小夢害臊地猛搖手。「還有，能不能別批評呢？我會難過的。」

「啊，這我贊成。我們對新手詩人溫柔點吧。」

「那，換小山讀你的詩了。」

我小小呻吟了一下，站起身來，站到窗邊。

「現在為您朗讀的詩，是同為橘虎斑家族的豆太郎。」

「啊，小豆。是你的詩耶，過來聽聽。」

小夢將旁邊的豆太郎強加摟過來，而豆太郎也就順勢攀上小夢的腿上，露出牠獨特的表情——舌頭斜斜地外露在嘴巴旁。

豆太郎

饅頭店的屋頂上
炭烤店的燈籠下
猜猜我在看什麼？
我在看那股流向的源頭
與流向欲往何方

穿梭在新宿街頭的人們
從出生那一刻起流進這個世界
又流向離開這個世界的那一天
我的舌尖
品嘗著流向

響著情欲的摩鐵後方
烏鴉翻攪垃圾的路邊
猜猜我在看什麼？
我在看不停下腳步的你
以及流經你的無數旋律

不論何處，我都能潛入
因為我就是豆太郎
別擔心
迷失了，就回屬於你的流向去吧
回到屬於你的源頭去吧
我會在那兒等候著你的

剛剛還說不用我拍手鼓掌的，小夢自己卻為我拍手鼓掌，「哇——」地拉長聲音，接著說：「彷彿都能看見命運的流動了呢。」

「就是啊」我搔搔頭，苦笑著說：「就……不知道怎麼回事，只要我動筆寫詩，就不由自主地會覺得貓咪們在悄聲訴說著些什麼一樣。寫下來的東西，說是詩嘛，還比較像是占卜之類的。」

「不過，也許這就是小山的個性使然吧。」

「不知道，也許吧。」

「豆太郎」小夢呼喚牠的名字，「你看上去可愛可愛的，原來你都在看這麼深奧的地方呀？你在看人要如何面對命運呀？」

小夢雙手捧起豆太郎的臉頰溫柔撫摸牠，然後才將牠從腿上放到地上。豆太郎哼了一聲，到可可的旁邊蜷縮成一團。

這才注意到，黑貓鼓棒、波普與玳瑁貓大姐頭已經來了。小夢又去收納櫃取出貓飼料。不過這次沒有倒進碗裡，而是放到手掌上個別餵養還沒吃到的貓咪們。

我坐在椅子上，看著她的身影。我好想現在就站起來，從背後環抱她。但我還是用盡全力壓抑下來，轉而望向窗外。

明月高懸，方才還伸手不見五指的，現在已泛著一層青白色的微光。因已偏西，而能清晰仰望。

「小夢，有月亮耶。」

「啊，真的耶。」

月亮，跟新宿的夜景很搭。最適合廢墟的窗邊。

我突然想到。

雖然月光照耀在所有人身上，然而真正照耀到的，卻是每一個人自己的心中。而我和小夢互相傾訴的，是現在當下面對著一位有血有肉的人所自然而生的真摯話語，並非放諸四海皆通行的公約數套路。

「好，接下來換我了。」小夢翻著她的筆記本，說：「這首詩是無緣再見的貓，小山想聽嗎？」

「我想聽。是哪隻貓？」

「史丁格。」

腦海裡浮現出一位英國搖滾歌手的臉龐。這名字是直接沿用那位歌手的嗎？

「那麼，我開始讀了。」

史丁格

飛奔。不停地飛奔。
新宿的暗夜中，史丁格飛奔而去。
咻、咻、咻。
你已留下腳步聲遠去，
沒有任何人能追上你。
史丁格，殘像，史丁格。

啼叫。穿越了聲音的啼叫。
從陰影到陰影，區公所那條路的大樓後方。
喵、喵、喵。

你在消逝的記憶中也啼叫。
你用高亢的聲線挑戰飛掠而去的影。
史丁格，殘響，史丁格。

我凝視著，用眼睛追逐著。
時光粒子的去向。
溜、溜、溜。
金黃色的眼神。
寄宿著火焰的金黃。
史丁格，殘光，史丁格。

我尋找著你的身影，
跌跌撞撞的總算摸索出命運的模樣。
咪、咪、咪。

陰影中一瞬間的動靜。

史丁格，殘、殘、殘，史丁格。

這首詩再度呈現出具有大量狀聲的特徵。起初的語氣平淡而克制，到了「喵、喵、喵」時展現出節奏感，到了後半段則已將情感投入這首詩了。已不知去向的史丁格，牠的殘像剛剛才從小夢面前飛奔過去。彷彿還能驚鴻一瞥牠金黃色的眼眸。

我輕輕地拍起手來：「彷彿史丁格的殘像剛剛還在那附近似的。」這不是批評，而是我真誠的感想。因為事實上，透明而敏捷的史丁格身影才剛剛浮現出來。

「這隻貓，再也沒見過了嗎？」

「對呀。牠這隻貓，隨時都有可能突然跳出來。」

「是喔，我還真想見見牠呢。還有其他貓咪，我也想親眼看看，像是三花貓繪里。」

小夢的左眼在此時避開了我。空氣瞬間凝結，尷尬從此蔓延。那讓我心中冒出了一個疑問。

「對了，小夢，妳什麼時候開始在花梨花工作的？」

小夢似乎察覺到我的心思早已飄出了史丁格的相關範圍。「啊……」她張口結舌，眼光落在了筆記本上。

「史丁格的確很神秘，不過小夢也是裹在謎團裡呢。」

我的內在不停地大喊著別再說了。但我的心情已經像史丁格的詩中那句「殘、殘、殘」一樣。

「抱歉，小夢。」

「不會。」

「像這樣能互相讀詩給對方，我真的感到很窩心。只是，妳之前不肯告訴我妳的電話號碼對吧。老實說，我很驚訝。」

「這……也是呢。」

「我能問妳一件事嗎？」

小夢沒回我。她緊抱著筆記本，兀自佇立窗邊。月光照得她雙頰慘白。

「妳有喜歡的人嗎？」

小夢好一陣子文風不動。過了許久，這才面朝下方，微微地點頭。

「那個人叫做翔太？」

「是的。」

我感到沉重的黑暗壓得我喘不過氣。果然跟我料想的一樣。這下子換我文風不動了。

「不過……算了，夠了。反正也不知道跑哪裡去了。」

「那個叫做翔太的人嗎？」

「人，跟貓。」

「是這樣呀。」

想問的問題一個一個不斷冒出，但我已無心再追問下去了。既然小夢已有心上人，我便不該再繼續糾纏下去。我想，我該走了。但小夢卻開口繼續說。

「我覺得很過意不去，關於不告訴你電話號碼的事情。我目前，有些不得已……」

「該不會，妳已經結婚了吧？」

「沒有。」小夢明確否認。「我……」

但她卻又閉口不談，正面看著坐在椅子上的我。能對焦到我的依然只有左眼，但右眼卻與左眼一同在滿溢的月光下化為一葉扁舟。已瀕臨潰堤了吧，這兩艘小船搖搖欲墜。

我站了起來。小夢的眼神，在我的眼睛與我的胸口來來回回。我靠上前一步，小夢的視線便游移不定，只好將臉別過去。但當我再靠上前一步，她又看著我的臉了。

右手環過小夢的背後，輕輕地摟過來。小夢的筆記本落在地上了。我以雙手緊緊抱住她。

「我……」

小夢還想再說些什麼，但我已將自己的雙唇與她的雙唇重疊。小夢的雙手也環繞過我背後。我又更抱緊她一點。小夢嬌喘一口氣，挺起胸脯。

「小夢。」

我輕輕地呼喚她的名字，又吻了她無數次。

儘管微弱，經歷了漫長旅程的月光依然灑落在我倆身上。貓咪們圍繞著，卻沒有高聲合唱，只靜靜地守望。

「小夢。」

「是。」

「我們兩個人，一起寫一本詩集吧。」我吻著她，向她提出這個邀約。

「好的。」小夢的喘息既像辛酸又像陶醉，「是有關貓咪們的詩集嗎？」

「當然啦。即使這裡不復存在，那也會是貓咪們曾在這裡活過的證據。」

「這本詩集，會在哪裡發表呢？」

「沒，這是只屬於我和小夢妳的詩集。」

「好的。」

「我們要為這本詩集取什麼名字好呢？」

「我想，就取名新宿的貓吧。」

我再度緊緊擁抱小夢，緊得似乎就要攔腰折斷。我們在月光下擁吻。我不自禁地以為這空間切割出了新宿，遺世獨立。

被貓咪們環繞，只有我們在這裡。我忽然感到除了這裡以外的地方全是流沙。不僅這座廢墟，就連那些高樓大廈，拆除了之後也只是砂石。整座新宿，不過是一條會隨著時間流逝而碎化的土石流。

但是，我又想。我們兩人現在在此互訴詩情，在貓咪環繞下互擁。如此，至少在有限的生命裡，我們將留下某種永不磨滅。某種不會是殘像的。

十

幾天後，永澤先生找我出去。那間小巧精緻的酒吧隱身在巷弄裡，離西麻布的十字路口還有段距離。

那晚下著冰冷的雨。聽氣象預報說，可能會在深夜時轉變為雪。

我不曉得叫我過去所為何事。都被筆筒砸過了，隨時要我捲鋪蓋走人都沒什麼好奇怪的了。我已有所覺悟，即使要開除我，我也會欣然接受。

我在約定的時間打開酒吧的門，永澤先生坐在吧檯座位上，出乎意料地笑著招呼我過去。他旁邊坐著一位關西的搞笑藝人，最近開始在關東上一些常態性節目。看來這兩人已經喝了幾杯兌水威士忌。

「就是他啦，剛剛聊的五百問男。」

「哇喔，你就是五百問先生嗎？還真是辛苦你了啊。唉呀——，我們兩個才剛稱讚你這人真有毅力耶。」

我心想怎麼可能，但表面上仍禮貌性地向搞笑藝人打個招呼，再到永澤先生鄰座坐下，同樣點了兌水威士忌。

店裡播放著若昂・吉爾伯托的巴薩諾瓦，音量適中，既清晰又舒適。這間酒吧呈現出的氛圍與花梨花迥然不同。櫃台內的兩位女性容貌體態堪比模特兒，身上衣飾也似乎很昂貴。客群也是完全不同世界的，男性皆身穿設計師品牌的西服套裝，而女性的穿戴也是同個層級的奢華。我覺得，只有我一個人顯得突兀。想起我之前在青山大道上兀自佇立，呆望著的汽車大廠職員們。要是我帶著身穿閃亮迷你裙的石榴小姐來，這裡的客人們會如何反應呢？我稍微想像了一下這不可能的可能。

「對了，恭喜你啊。」

我搞不清楚他在說哪件事，直覺性地回問永澤先生：「什麼？」

「赤坂電視台昨天有聯絡我，說五百題裡採用了一百題以上啦。他們說，還有新成立的特別節目，頭一季會在結尾的幕後工作人員裡放你的名字。還有說希望你擔任正式的影視企劃。」

「咦，真的嗎？」

「這還不是因為你很努力嘛。你真的，很棒喔。過年期間說要五百題啦，要是我啊，早就落跑了。」

也才第一次見面，這位搞笑藝人卻很肯提拔像我這樣沒沒無聞的人。

「你知不知道，電視上有確實秀出自己的名字，會有什麼不同？」永澤先生問我。

「知道。」嘴上如此回答，但我卻沒體會過那樣的境遇。我茫然地反問：「是待遇方面嗎？」

「嗯。是啦，待遇是其中一種啦，應該說，首先薪水會不同。這可是赤坂電視台的黃金節目耶，光一集節目，我每週就給你十萬日圓。一個月四集，就四十萬日圓了。這還只有這支節目喔，你再多做三個節目看看，保證你賺錢賺得樂呵呵的。你啊，可沒時間在那間窮酸燈籠店喝酒嘍。」

「好猛喔，影視企劃有那麼好賺啊。你剛說啥？手上四個節目的話，每個月就拿一百六十萬日圓呢。嗚喔，我乾脆別幹什麼搞笑藝人，去當影視企劃好了。」

「你少胡扯！你賺更多吧！」

這兩人像小孩子般互嗆著喝酒。我想這兩個人真是意氣相投。

他們兩人聊錢聊得正起勁，我則盯著面前的玻璃杯。永澤先生剛剛的話，對我而言真是晴天霹靂，甚至讓我感到天翻地覆。那讓我受盡屈辱的赤坂電視台，今後我將會是掛名在那的正職影視企劃。而且居然還是黃金綜藝節目。一回憶起走過的那些艱辛，我現在簡直可以像猜中「貓賭」一樣擺出勝利姿勢。

然而，我的內心卻五味雜陳。我甚至無法分辨這到底算是進步或是退步。

「怎樣？這不是很好嗎。你倒是說點什麼啊，我可是很感動耶。我是親眼見到你能獨當一面的。」

「我銘感五內，謝謝您的栽培。」

總算擠出了這一句話。但我卻接不下去了。當我話一遲疑，永澤先生的眼睛便瞇成一條線，眼神也瞬間銳利起來。

「你是怎樣啦，說啊。」

「好啦，沒事啦。你叫小山是吧？小山，恭喜你啦。」

這位關西搞笑藝人將自己的酒杯越過永澤先生面前。我拿起了自己的酒杯輕輕回敬他，低頭致意：「謝謝您。」

「這樣吧，小山，你就要當上那個新益智節目的影視企劃了，說說你的抱負吧。」

「好的。」

畢竟有笑咪咪的搞笑藝人在場，永澤先生也堆滿笑意。他戳了戳我的手臂，笑說：「抱負喔，抱負。」

「那個……大家都認為，要做節目就要做給大眾看，但我想，所謂的大眾，到底是些什麼人呢。」

「你這句話是什麼意思啊！」

永澤先生的笑容戛然而止，表情牽強地僵著。「嗯，我懂。」搞笑藝人表示認同，並將身子前傾。

「說到底，所謂的大眾也不過是每一位個人凝聚起來的群體。我在想，假如沒有讓某一個個人感動，那節目就會流於只是在吵吵鬧鬧。所以我認為，首先應該思考的是如何把話說到就那麼一個人的心坎裡。」

「啥——，你在說些什麼小鼻子小眼睛的話啊？」永澤先生看著我的眼神，彷彿看到被壓扁的椿象。「你是哪個年代的哲學家啊？日本的電視訊號都快要提升到HD畫質了，整個時代是會不斷前進的！就連作家，以後也全都要用文書處理器來寫書了。那樣子，是叫文字通訊是吧？以後都不用印在紙上，就能寄稿子了。即將面臨這樣的新時代，你還在那邊說什麼把話說到就那麼一個人的心坎裡。拜託你做個表面也好，你就說你想讓一千萬個人笑、想讓一千萬個人哭啊。」

「沒，這可不見得。我很能體會小山在說的。」

我本來以為他只是在安撫永澤先生才那麼說的，但關西搞笑藝人卻直視著我，肯定地點頭。

「現場表演也是一樣的。萬一抱著要讓全場哄堂大笑的心態，就無法專注。要從舞台上看著觀眾席，心裡打定主意『好，我要讓這傢伙笑出來』。這樣子才會提高戰鬥力吧，就是，才能夠集中精神啦。」

「啊——，你們兩個都太老派了，都發出昭和年代的味道了啦。現在都平成[4]了耶，搞清楚

---

4. 昭和及平成皆為日本的年號。昭和為一九二六年十二月二十五日至一九八九年一月七日，平成為一九八九年一月八日至二〇一九年四月三十日。

啊你們。」

永澤先生如此反駁，讓搞笑藝人笑了出來，化解了當下的尷尬與僵持。我想，搞笑藝人他還真該踏上這一行。

之後，永澤先生與搞笑藝人說說笑笑，喝了好幾杯兌水威士忌。店裡的女侍者偶爾來穿插，讓這一隅歡樂熱鬧。我也不只是應聲附和，講述了我的住處變成施工現場的事情。搞笑藝人笑到趴在桌子上。

我覺得，已經很久沒有像這樣，好好地與永澤先生坐下來喝兩杯了。既然大家有說有笑，我還真捨不得這樣的氣氛。

然而，搞笑藝人先回去了之後，整個風向就變了。原來，真正的天翻地覆，現在才正要開始。

吧檯座位上，只剩下我跟永澤先生兩個人了。永澤先生似乎醉了，又似乎其實沒有醉。

「沒啦，我要說的是……」

果然，叫我出來是有其他的理由。

「之前說的，貓啦。」

「是。」我的背脊發涼。

「那間店的貓賭，我有講給SHARKS的那兩個人聽。」

SHARKS是當時走紅的搞笑團體。他們氣勢如虹，已開始接了幾個黃金綜藝節目。

「然後啊，他們很中意，不管怎樣都要在他們自己的節目上玩貓賭。然後，當時，曙橋電視台的製作人也在，就說那樣很好啊。你有在聽嗎？」

「有。」

「所以我啊，就想促成這件事。我就用我們事務所的名義拿到了SHARKS的一個節目。以後還可以慢慢拿下曙橋電視台的這個時段。我可是有想過的喔。你都會有一些自己的堅持跟想法嘛，還說過要做貓的節目就要給你做。既然你有那份心，那你就做做看吧。」

「要做貓的什麼？」

「什麼什麼，就那個啊。那個貓的賭博啊。」

「要在哪裡做呢？」

「當然是在那間店啊。那間新宿的髒兮兮的店。就讓年輕還沒名氣的藝人去那邊排排坐，玩貓的賭博。再叫他們賭一些浮誇的賭注。那叫啥？貓賭是吧？啊然後再叫店裡那個女的負責說明，這樣就行了吧。」

我已覺悟到，該是時候了。我一口氣喝光杯中物，下定決心。

「對不起。」來吧，打我吧。我把頭伸出去給永澤先生。「真的很對不起，我做不到。」

「什麼？你說什麼？」

「要照那樣去那間店消費，我會很為難。」

「你是怎樣啊。你是那間店的經營人什麼的嗎？」

來了，力道還不算重。他是用手掌拍我的頭頂。

「我做不到。」

「為什麼啊？上了電視對那間店來說也是好事吧。客人會慕名而來的喔。你還搞不清楚啊。」

又來了一記，朝後腦勺來的。

我眼前的這個人，在各種層面上來說，都是徹頭徹尾的電視人。我有了這樣的體認。再坐正回來直視他，就在這瞬間，臉頰上來了一記。這還是第一次，「啪」地發出了響亮的一聲。

「嘿，我說你這人怎麼回事啊。從剛剛開始就一直在打他。」

坐在桌子那邊穿著西裝的男人站了起來。吧檯內負責調酒的兩位女性也臉色蒼白，望著永澤先生。

「對不起。」我起身欲走出這間店。我想，只要我不在現場，永澤先生也會冷靜下來的吧。然而事與願違，今晚的永澤先生不同於以往。幾杯黃湯既已下肚，便再也按捺不住。

「別想跑！」

他已不再在乎周遭的眼光。雙眼圓睜，臉紅脖子粗。我什麼話也不回他，逕自打開店門踏出店外。

大概是等結帳完畢吧，永澤先生過了一會兒才追上我。

「別想跑！」

他叫喊著同一句話，打著我的背後和手臂。由於急著離店，我便沒帶上傘。看來永澤先生也是忘了帶傘。混雜著雪花的雨雪開始飄落，濡濕了我們兩人。

「你啊，到底有沒有替我想過啊。你知道我是多低聲下氣才拿到黃金綜藝節目的嗎？你到底對我有什麼不滿啊！」

永澤先生激動地喘著，死命踐著我。他揪著我的領口，想把我摔倒到路面上。我這才發現，自己流著鼻血。羽絨外套的胸口到腹部都染紅一片了。

「你這人心裡是沒半點感激是不是啊。我也好、觀眾也好，在你眼裡都是低等的吧。你以為這樣能行遍天下是不是？」

永澤先生似乎怎麼樣都想把我摔到地上去。

「你跟那個脫窗女有一腿是吧，所以才會講那些有的沒的吧！」

走出店門之後，我第一次停下腳步。青山靈園就在旁邊。我感覺不到雨雪的冰冷。

「你說她什麼女？」我強硬地站在永澤先生面前。

「脫窗女啦！」

正面一拳，落在永澤先生臉上。拳頭上留著討厭的觸感。永澤先生搖晃幾步，終於跌坐在地。他滾在溼答答的路面上，躺成一個大字型。永澤先生也流出鼻血了。從陰暗天空降下的雨雪，落在流淌出來的鼻血上化成不規則的圖案。永澤先生仍躺在地上，張著嘴望著我。眼睛忽而睜開、忽而瞇細，總之他望著我，沒有離開過視線。

我大概滿臉是血地哭著吧。

「一直以來，承蒙您的照顧了。我真的，非常感謝您。」

我卯足全力講出這一句話。

隨後我便進入青山靈園裡去。永澤先生再也沒有追上來。

靈園裡墓碑林立，我走在其中，不時以手擦掉混著淚水的鼻血。

快走到青山大道的地方剛好有間公共廁所，我在那邊洗了把臉。脫下了染血的羽絨外套，收捲起來抱著。然後搭計程車回高田馬場的住處。

其實我想去一趟花梨花。但現在已過午夜，顧店的不是小夢，而換成阿功先生了。

我心裡真正想見的人，果然還是小夢。但小夢她，這時間，在池袋的住處……。

我再也不想繼續想下去了。

這件事情發生後，我將自己關在家裡，大約已經一星期了。我全身都痛得要命。這段期間，我只接到一通電話，是事務所的摩利先生打來的。

「永澤先生好像相當震驚耶。」

可能是摩利先生拿著話筒靠近嘴巴並壓低聲音吧，其實聽得不太清楚。「他長期以來算算也打了你幾百下有吧，這也是他應得的報應啦。那所以，你不做了嗎？你今天一旦離開了事務所，工作就都沒了，而且以後要繼續在電視圈打滾也會很艱難喔。」

「是，我知道。摩利先生，承蒙你照顧了。我由衷感謝你。」

我如此答覆他，便掛上電話。

又回到了得四處奔波以求餬口的日子了。但我卻覺得神清氣爽。

我已今非昔比，相較於住處淪落為工地那時，手頭還算有些積蓄。倒也不是刻意存錢。雖然有去新宿喝幾杯，但幾乎是無休無止地在工作，因此自然而然地便存到一些錢。

即便不找個兼差，我應該也夠活三個月左右。我打算寫個劇本，還沒決定寫什麼樣的題材，也還沒決定什麼樣的型式。不是電視劇也沒關係，電影、舞台劇，甚至朗讀劇也都可以試試。另外，也慢慢寫點貓咪的詩吧。我心意已決。

那些貓咪家族成員圖裡沒見過的貓咪們，我也打算憑著想像來為他們寫詩。賓士貓翔太是肯定要寫的，橘虎斑貓大次郎、玳瑁貓琉子我也很想寫。還有三花貓繪里也是。

我不記得自己最近有沒有遇見純粹的三花貓。我單純想看看三花貓，而且小夢註記的「異色瞳」也引起我的注意。的確，一般會如此稱呼像大衛·鮑伊這樣左右眼瞳孔顏色不同的人。三花貓繪里的眼睛，可能也是左右眼不同顏色的吧。像這樣的貓，在夜裡是什麼樣子的呢。當繪里出現在花梨花窗邊，想必客人們一定很驚喜。

下次去花梨花的時候，不對，要在兩人獨處於那座廢墟的時候，跟小夢聊聊繪里好了。即使小夢只說些片段，我想我也可以憑著想像來補足。先聊過後再為繪里寫詩也不遲。

全身的痛楚痊癒、天氣也回穩，總算想出去走走的那一天，我接到了四谷那間若葉廣播電台一位製作人打來的電話。

「聽說，永澤先生那邊你不做了。」

在這只有我一個人的房間內，我依然低頭道歉：「是的，我實在很對不起。」

「這種情況，照慣例來說，我們應該順著跟永澤先生之間的人情義理，結束跟你之間的合作關係啦。」

「是的，您說的對。」

「不過啊，說來真不好意思，我們這邊人手不足，還在頭痛啦。我們也不想跟永澤先生鬧翻，所以是想私下問你能不能留下來幫忙？」

「咦？」

「我這邊先跟你說聲抱歉，報酬會跟之前一樣，沒加薪。只是說，如果變成是你個人跟我們簽約，那中間就不會有事務所抽成，你拿到的應該會是之前的翻倍。另外，新聞部那邊也說想要你幫忙。可以的話，還希望你來幫忙一下新聞節目。這部分的話會另算報酬給你的啦。」

「那個……這是真的嗎？」

「什麼真的還假的，你不做了的話，頭痛的可是我們耶。你明天能不能回來做？算我拜託你，早點回來幫忙吧。」

我不停地道謝，才掛上電話。

只要沒什麼太大的花費，就這一份工作就能維持生活。不對，比起這種小事，若葉廣播電台的製作人居然肯打破業界慣例挽留我，讓我內心澎湃激動。

坦白說，既然已一切歸零，我本以為影視企劃是再也無緣的職位。趴伏在工作室長桌、於時間意義與數量意義上皆馬不停蹄地趕著新聞稿，我還以為再也不會過這種日子了。在這種情況下，若葉廣播電台還願意對我伸出手，我彷彿感到我赴湯蹈火都能勝任這樣的工作。

廣播電台業界的競爭也相當激烈，跟拚上性命追逐著收視率的電視圈其實沒兩樣。但不知為何，廣播電台這個業界，不太有人那麼高壓。借小夢的話來說，廣播電台業界並非漠然地面對大眾，而是在一對一的基礎上發聲。我覺得，這也許就是廣播這種媒體的特性。

既有的常態節目，以及協助新聞部。即使這兩份工作加起來，每週還是有幾乎一半的時間可以休息吧。寫劇本、寫詩歌的時間，是綽綽有餘的。也不再會被純粹為了作秀而寫的機智問答追殺。甚至可以說，理想的生活正向我招手。

隔天，天還沒亮我就出門了。高田馬場與四谷之間有一段不小的距離，但我依然徒步走向若葉廣播電台。這每一步邁向黎明，我的人生也即將迎接嶄新的日出。途中，在早稻田大道遇見一隻端坐著的褐虎斑貓。我向牠說聲「早安」，牠也小聲地回我喵喵喵。

若葉廣播電台的員工皆熱情地迎接我。節目進行的節奏不疾不徐，中場休息時間出場表演的女性歌手來賓，離開廣播電台時也是笑咪咪的。節目結束後，大家一起享用的肉末便當真是美味到窩心。

稍微休息過後，我便往新聞部去。已經有幾位新聞部職員坐在甜甜圈狀的中空圓桌上，正在撰寫播報員的新聞稿。由於每小時零分起便要現場播報新聞，因此必須隨時準備播報員所需的新稿子。新聞室備有螢幕，播放著每一間首都圈電視台的畫面。螢幕下方則擺置著一個長桌，長桌上排列著各種8位元電腦以及文書處理器。尾端則放著兩台傳真機，正發著喀沙喀沙的聲音在接收大型通訊社傳來的新聞稿。

「真高興你來了。」

據說就是這位白髮參差的新聞部職員推舉我的。他伸出手來，而我也伸出手回握，並向他道謝：「不勝感激。」

「不好意思呀，我們這兒的工作十分無聊。」新聞部職員先給我打個預防針，帶我走到傳真機前。

「如你所見，通訊社會這樣傳來新聞原稿。我們要從這麼長的紙卷中挑出具有新聞價值的事件或事故，編到新聞節目的內容裡。必要時再找資料補強，整理編輯成新聞稿，之後交給播報員播報。新聞解說員會負責深入報導。基本上是這樣。不過，光是這樣還不是新聞節目的全貌。還要有一些雖不算重大卻能作為調劑的暖心新聞。譬如為了防治社區綠地的雜草而將雜草用來餵養山羊、結果山羊變成了孩子們的大明星，或是當了四十年的導護媽媽明天就要退休了等等，這種新聞其實是有必要的。尤其是長時間播出的新聞節目更是如此。」

新聞部職員領著我經過低吼著的傳真機紙捲前，到隔壁的小房間去。

「你的工作就是這個。」

小房間內有一張桌子、一把椅子，還有一個大紙箱，裡頭堆放著紙捲。

「箱子裡是通訊社傳來的新聞，這邊有一個星期的份量。報導過的新聞已用紅筆圈起來了。我希望你做的事情，就是看看那些還沒報導過的新聞中，有哪些是長時間新聞節目可以播報的暖心題材。不管多小的新聞都沒關係，要再做多少資料補強也都沒關係。可以的話，希望你一天能找出三則，並且完成新聞稿。讓像你這樣的年輕人做這麼無聊的工作，真是委屈你了。」

「不會的。我很樂意。」

我這句話可不是違心之言。我有預感，這些收捲起來的紙張裡，總會有一些蛛絲馬跡，具體顯現出世界上發生的事情、人們的一舉一動所引發的事情。假使能由此推量人類究竟是為何物，那這份工作也將會是撰寫劇本的基礎。或許也會接收到詩句方面的靈感。而且，要我一個人補強資料、撰寫新聞稿，這真是太好了。我覺得，儘管我的工作間並不大，但能做的出路卻四通八達。

新聞部職員說我可以試著做做看，我便將昨日一整天下來的傳真放到桌上，然後從午夜零點起一則一則地看。傳真稿包羅萬象，大自舉世譁然的事件或政爭，小至僅造成輕傷的交通事故。雖說只看沒被紅筆圈起來的部分，但要一則一則地審查還真的很累人。我想我應該照著某種規律來看才行。

新聞標示的時間已經過了凌晨三點，我看著看著，翻閱著紙張的手指不自覺地停了下來。因為我赫然發現「花梨花」這三個字，就在已被報導的紅圈內。瞬間，我的視線開始模糊。

昨晚於新宿區內居酒屋「花梨花」，有女性店員持刀刺傷客人。該店員遭在場其他客人制伏，移交與趕赴現場的新宿警員。酒客遭刺腰部，身受重傷。嫌犯為村井繪里（二十二歲）。行兇動機及犯案詳情已進入調查程序。

我反覆讀了好幾次，懷疑這是不是有什麼地方搞錯了。我還想說服自己，新宿區內有另外一家花梨花。反正我不認識名叫村井繪里的店員。

但這則新聞下方，卻有人用原子筆註記了居酒屋「花梨花」的地址與電話。是新聞部的某個人加註上去的。那地址，正是冰箱上貼著貓咪家族成員圖的那家花梨花。

既然如此，那村井繪里這號人物是？

我抓著那張傳真，跑到圓桌那邊。為我說明工作內容的新聞部職員，用「怎麼了？」的表情望著我。

「不好意思。這則新聞，有用紅筆圈起來，代表已經報導過了對不對？」

新聞部職員拿過那張傳真。

「啊啊，這則啊。今天早上已經播報過了。這間店，就在黃金街旁邊嘛。」

「應該算是。」

「之後就沒有消息進來了，不知道現在怎麼樣了。居然是年輕女子持刀刺傷客人，我想應該是有什麼天大的理由吧。怎麼，你知道這間店？」

「呃，算是吧。」

「是喔。那你就，今天晚上過去看看吧。」

「好的。」

儘管我回到我的工作間去，卻再也無法集中精神到工作上。

我已經好一陣子沒去花梨花了。小夢也沒打電話來。嫌犯村井繪里，肯定是這幾天新來的兼職人員吧。我努力這麼想。年齡，只是碰巧跟小夢同年啦。一定是這樣的。小夢她，現在應該是跟店長阿功先生一起煩惱著事情鬧大了。我還能想像那副光景。我心急如焚地等著時鐘終於走到五點，那是原本與新聞部談妥的下班時間。

我在靖國大道下了計程車。天色已然昏暗，街燈連綿亮起。我切過花園神社境內，看著黃金街就在斜前方，我走下了樓梯。

走沒幾步，我停住了腳步。眼前所見皆人事已非。

黃金街對面的那座廢墟已憑空消失，徒留空無一物的土地，可一眼望穿距離一百公尺遠的歌舞伎町摩鐵街。

拆除工程，是能在這麼短的時間內完工的嗎？

我與小夢互擁的那個房間、在貓咪環繞下親吻的聖地、相互約定共譜詩集的浪漫昏暗，一切盡已成空。

當時預感到的流沙世界，如今已化為現實。廢墟消失了。那片黃金街的夜景，也隨之灰飛煙滅。

而我站在花梨花前。店關著，玻璃門上貼著公告，上頭手寫著「本店暫休」。

寒冷的風呼嘯吹過整條道路。我呆若木雞，傻傻地一直站在那兒。

我想，一定會有誰過來的吧。只要熟客之一有來，我應該就能問出到底發生了什麼事情才對。

不對，在熟客出現之前，小夢會先來吧。她會說些「抱歉給你添麻煩了」之類的話，然後讓我先入內的吧。

總之，我應該要在這裡守著，直到有什麼人來。

聽到有人呼喚我，是我背靠著花梨花的玻璃門閉目養神的時候。不對，我可能已經小睡片刻了。

我的眼前站著阿功先生與娜塔莎小姐。兩個人都關心地望著我。

「抱歉呢，今天沒法營業喔。」阿功先生滿臉的歉意。

「是，我知道。」

「小夢她啊，闖禍了。」阿功先生直言不諱。

「小夢她？」

我這一反問，娜塔莎小姐緩緩閉上眼睛，同時肯定地點頭。

「但我聽新聞說是個叫村井繪里的……」

「啊，那是小夢的本名。」

「怎麼會？」

「你知道發生了什麼事吧？」

「算吧。」

被娜塔莎小姐這麼一問，我給了個模稜兩可的回覆。阿功先生應該是猜想我其實不清楚整件事情吧，便說出了被害人的名字。

「我們也才剛接受完警方調查才回來的。小夢刺傷的，就是佐佐木先生。聽說他沒什麼生命危險。」

那是鳥巢頭的本名。

「她為什麼刺他？」

「嗯，這個嘛，」阿功先生雙手交叉在胸前。「到底為什麼呢。可能之後會漸漸水落石出吧。」

「我是知道些什麼事情啦。我在想的事情，剛剛也說給警察聽了。」

「是喔？」阿功先生望著娜塔莎小姐反問，而我已說不出話來。「我看是因為他們住在一起，難免會有些摩擦吧。」

對阿功先生的猜測，娜塔莎小姐也只微微側頭表示：「也是有可能吧。」

我的腦袋裡彷彿有個黑點突然出現，才一眨眼它就擴張成一個黑洞。

「住在一起，是……跟誰？」

「你不知道嗎？」娜塔莎小姐雙眼朝上看著我。「小夢跟佐佐木先生之前是在池袋同居的呀。」

「唉呀，這件事情說來話長啦。」阿功先生將手放到僵直的我肩上。大概是還沒喝，他的手沒有在顫抖。

「反正，現場蒐證和調查都結束了，那大家進來喝一杯吧。而且還要想想以後的事情。」

阿功先生拿起鑰匙對上鑰匙孔，打開了玻璃門。他向我招招手，我也順著他進入花梨花。燈開著。我第一次見到廚房裡沒人的花梨花。冰箱上還貼著貓咪家族成員圖。

十一

事隔多年，那天的事情如今再回想起來，依然讓內心騷動難安。甚至連家族成員圖上的貓咪們，也彷彿對我投以無助的眼神，訴說著：「怎麼辦，我遇上麻煩了。」

「小夢她，是在安置機構長大的。」我才剛找個吧檯座位落座，阿功先生便開門見山地說道。

阿功先生的語氣聽起來，與其說是不得不洩漏他人秘密，倒更像是藏著點怒氣似的粗獷。

娜塔莎小姐回應「是呀。」我則在旁不發一語，只靜靜聽、默默點頭。

「這你知道？」阿功先生將起著泡沫的啤酒杯遞給我時，骨碌碌地觀察著我。

「知道。」

「你怎麼知道？」

「她本人說的。」

阿功先生側著頭，說聲「是喔？」喝了一口HOPPY。

「那種機構啊，通常都只能待到十八歲。小夢她好像高中就輟學了，一個人來到東京，投靠過世阿嬤的朋友。然後就在上野的一間糖果店工作。那時候她還未成年，但晚上會去卡拉OK幫忙的樣子。她就是在那邊認識佐佐木先生的。」

鳥巢頭的金牙在我眼前閃了一下。

「以佐佐木先生的年紀來看，小夢都能當女兒了，唉，反正那時候應該就是很疼她啦。他也知道小夢很辛苦。小夢也是挺依賴佐佐木先生的。其實那時候，小夢也有出事過。」

「啊，那件事，我也聽她本人說過。」娜塔莎小姐剛剛還只是不時點頭表示有在聽，這時候突然抬起頭來插話。

我只暗自心想：「這些事情我都沒聽說過啊。」

阿功先生與娜塔莎小姐此時開始壓低了聲音。

「算起來也是那個人不好啦，是那間卡拉OK的經營者襲擊小夢的。」

「我聽說的是，打烊後小夢在打掃，那個人從背後突然出手的。」

「對，沒錯。小夢被他亂摸，隨便就近找個叉子還是刀子的，拿起來就往他脖子插。那個人按著脖子傷口，但出血量過大，搞不好會死人的，小夢這樣想著就去叫了救護車，還有報警。後來那個人撿回一條命，但就堅持說是雙方同意的行為。最後那個人只是案件被移送到地檢署去，但小夢也因傷害罪被捕。」

「咦，這太詭異了吧。小夢那算正當防衛吧。」

我說得理直氣壯，但阿功先生卻發出了不置可否的一個發語聲後，說：「大家都這麼想的。但是，刺傷這也是事實，所以好像是一條一條分開問責的。」

「怎麼這樣？」

「那方面的事情我也不是很清楚。總之，小夢也被移送地檢署，後來是受到保安處分。那陣子，天天去陪伴、支撐小夢的，就是佐佐木先生。她會來我這邊工作也是透過佐佐木先生的介紹。小夢是三年前來我這工作的，那時候是十九歲吧。應該是因為經歷過各種辛酸，她剛來的時候完全不信任任何人。」

我所不知道的小夢，透過阿功先生的描述，在我眼前栩栩如生。被男人強行抓住的傷痕清晰可見，痛苦的哀鳴彷彿就在耳邊響起，我難受地用力閉緊雙眼。

「畢竟是舉目無親的孩子，也許佐佐木先生在她心目中是像爸爸一樣的人吧。」

阿功先生並沒有對娜塔莎小姐的這番推論表示贊同。我吞了一大口HOPPY，將空了的啤酒杯放到吧檯桌上。

「現實畢竟就是一個男人跟一個女人啦。佐佐木先生自己有個家庭，還特地跑去池袋租一間公寓讓小夢住，無非就是想抱抱年輕女生吧。佐佐木先生對女人很好，而且小夢好像也不太在意年齡差距的樣子。」

我真希望他別再用那種口氣說那種話。他那樣子說，簡直就是無情地蹂躪著我心中好不容易才盛開的花朵。

「不過，小夢她好像有喜歡的人耶。」也許我下意識地脫口而出，好阻止阿功先生再繼續說下去。

「喜歡的人？誰？」

我早就預判到他們會想問「你怎麼知道？」於是便先發制人：「還都取成貓咪的名字了呢。叫做翔太。」

「啊啊，那個啊。」阿功先生搖了搖頭。

「那個名字啊，是……」娜塔莎小姐眨了眨眼。

「那是小夢她弟弟的名字啦。」

「她弟弟？」

「沒錯。小一歲的弟弟，之前好像是跟媽媽那邊吧，但她弟弟後來跟繼父處不好，中學一畢業就離家出走了。之後跟小夢也都沒在聯絡。小夢說，甚至不知道他是死是活。」

我在自己嘴裡重複一次：「她弟弟？」

「對呀。小夢她啊，好幾次醉了之後講起這件事。說弟弟長得很俊俏。雖然她一直有在打探弟弟的下落，但真的是不知道弟弟人在何處。」

「總覺得啊，小夢家環境真不容易啊。」阿功先生長嘆一口氣。「小夢應該也是曾經覺得佐佐木先生人還不錯才跟著他的吧。但先別說年齡差距了，光是炒地皮的不動產經紀人和想成為詩人的感性女子，這兩個之間就不可能長久的嘛。」

「就是呀。不過昨天那件事情，還是算佐佐木先生不對喔。」

「我不在事發現場，不好多說什麼。」阿功先生露出一副不想聽下去的表情。但娜塔莎小姐卻說得果斷。

「沒，就是佐佐木先生的不對。」

我再也忍不住了。

「到底是發生什麼事情？」

「就是因為當時我在現場，今天才去接受調查的。鋼鐵先生、小拉昨天也都在。然後這附近坐的都是佐佐木先生帶來的那些討人厭的傢伙。」娜塔莎小姐指著吧檯座位的底端。「那群傢伙嗓門有夠大，每個人都知道他們在說什麼。聽起來是在說之前在講的摩鐵拆除的事情。那邊好像變成附近貓咪們的棲身之所了。動工前去巡視建築物內部，居然發現有很多貓，還有很多袋貓飼料。他們說都已經把那邊封起來了，還有人溜進去，真令人頭大。其中一個男的就很生氣，說就是因為有人在餵飼料，才讓這些野貓愈生愈多。然後同一個男人對著佐佐木先生說，話說回來你還真下得了手啊。」

阿功先生此時探出頭來。「他說了什麼？」

「好像有生了一窩小貓喔，在廢墟的某一角。那些小貓都還沒睜開眼睛喔。聽說母貓有撲上來奮勇抵抗，但是被驅趕走了。不過那群人也是很煩惱，不知該如何是好。要是成貓，就算被趕走也還是能想辦法活下去的吧。但那些貓是剛出生的幼貓耶。」

我看向貼在冰箱上的貓咪家族成員圖。望著銀虎斑貓夢來。

「好像也有人說，打給區公所，就會派人來處理了吧，但佐佐木先生說，不用那麼麻煩啦。把那些小貓抓進塑膠袋勒緊，讓牠們窒息就沒事了。」

「嗚哇，真假？」

阿功先生出聲回應，而我則哽咽地說不出話來。

「然後呀，本來在廚房裡的小夢就開始激動起來，喊著『真的？真的？』沒有人知道該拿小夢怎麼辦。她哇地一聲就哭出來了。唉，當時佐佐木先生道歉了的話就沒事了，誰知道他突然朝小夢怒吼，罵什麼妳渾身貓臭、吵屁吵、賤貓之類的。然後小夢就拿著菜刀從廚房衝出來，往想擋住的佐佐木先生一刀砍下去，從手掌到腹部。佐佐木先生的手掌好像被砍穿了。後來就大夥合力制伏小夢，叫了救護車和警察……」

「這些全部妳剛剛都說了？」

「嗯，我說了，讓警察寫進筆錄裡了。警察是說，在廢墟裡餵貓的有可能是村井繪里。不過啊，事情怎麼會變成這樣呀？」

我才剛想說娜塔莎小姐的聲音微微顫抖著，便見她手指按壓著眉頭。

「就是說啊，小夢又沒做錯什麼。小夢現在不知道怎麼樣了，她一定很不安吧。」

阿功先生也說不下去了。

我默默地望著貓咪家族成員圖。豆太郎、社長、托托和可可，以及夢來。貓咪們的臉龐逐漸模糊，我無力阻擋。

不過，我想我不能光坐在這兒哭泣。

我鐵了心，一定要帶回小夢。

但我的鐵了心，在現實卻行不通。

我這才知道，甫遭逮捕者，暫時是禁止會面的。更別說我既不是小夢的親人，也不是花梨花的同事。從旁觀者看來，我只不過是她工作的店裡的客人罷了。不太容易獲准會面。

總算盼到了的第一次會面，是在阿功先生朋友律師的陪同下，而且已經是在小夢被移送至看守所之後的事了。

隔著厚實的壓克力板，我終於見到了小夢。我從未來過這種地方，心裡又堆積了許多思念，跟著獄警走到這裡的路上，數度幾乎落淚。然而，穿著黑色囚服出現的小夢，卻不肯正視我，總是將視線撇開。我想有可能是獄警在旁的關係，但是無論我說些什麼，小夢始終毫無反應。

我想起那時候的她的表情。我第一次打開了玻璃門、踏入花梨花的那時候。當時讓我覺得這個人面無表情、都不笑的小夢，現在又出現在這兒了。

獄警會做紀錄，因此我完全沒有將貓咪們的事情拿出來說。貓咪家族成員圖以及詩集的事情也完全沒有提及。我只說了這麼一句：

「等這一切都結束、終於能出來見面之後，我們去吃土耳其料理吧。」

小夢也不點頭答應，只見左眼游移了一下。接著對我身旁陪同的獄警，用連我都能清楚聽見的聲音說：

「不好意思，我跟這個人不熟，這樣帶他來，讓我很不舒服。」

獄警側著頭，猶豫地看著我問：「她這麼說，那你……？」

「小夢……」

眼前發生的事實，我還無法置信。我撫觸著映照在壓克力板上小夢的身影，總算盼到她回眸正眼看著我——

「這樣讓我很困擾，可以請你別再來了嗎？」

依然只有左眼能準確地對焦到我身上，那眼神是如此寒冷徹骨，又如此黯淡無光。

我點頭如搗蒜，說了聲「打擾了」便起身準備離開。隔著壓克力板，小夢也站了起來，由另一位獄警陪同，循原路回牢房去了。

我不太記得我怎麼回去的。我既沒回新宿，也沒回高田馬場，在人生地不熟的地方隨便找了間沒去過的酒吧，喝醉了就到附近不知名的公園，躺在長椅上望著星空睡著了。

小夢的內心究竟發生了什麼變化，當時的我完全無從得知。在廢墟裡互相凝望的時光，已被流沙吞噬，不見蹤影。崩毀破碎化為塵土的，不只是名為新宿的城市，還有本應堅定互信的我們。我不得不做如此想。

在那之後，我陸續寄出了三封信給看守所內的小夢。我知道會經過所方檢查，因此我絲毫沒有提及貓咪的事。可想而知，一旦暴露了之前就是我們在餵養廢墟裡的貓咪，不論作何解釋都會被當做呈堂證供。然而，要避免在書信裡提及貓咪，實在難如登天。稍微想想就知道，我和小夢是因為有貓咪在才會互相吸引、互相擁抱，最後互相約定合出詩集。貓咪不在了，兩人之間能聊的話題便驟然減少。我寫了一些無關痛癢的事情，諸如自己的工作、熟客們的近況之類的，便寄送出去。好讓她知道，無論如何，我都會在這裡等著她。

然而，杳無音訊。我甚至不知道信件有無遞交到她手上。該說恰巧還是不巧，我工作上也開始忙起來。

自衛隊員及非軍事警察官陸續指派至柬埔寨，相關的最新消息夜以繼日地傳來。而尋找留在日本的親人並採訪的工作也落到我肩上。若無任何行動波及至自衛隊員，則按兵不動；但萬一於游擊戰中遭槍擊等傷亡，則可能踰越憲法所定邊界，發生衝突與交戰。日本的未來走向，目前正面臨重大抉擇。

「可能的話，我希望你能去柬埔寨。」若葉廣播電台的新聞部職員如此告知我。

廣播電台與電視台不同，是沒有國外分公司的。都是視情況需要，從新聞部裡找一個人去擔任特派員。然而，若葉廣播電台經常處於人手不足的狀態，因此也不能指派新聞部某位職員前往，於是這任務便落到我頭上了。

雖然還沒有正式決定，不過我在採訪維和部隊的家人同時，也在準備去柬埔寨。我翻出了高棉語入門，也重新拿起學生時代的教科書來複習英文。

就在我忙得天昏地暗的時候，小夢在開庭。但我卻不知道有開庭這件事情，還是聽阿功先生和娜塔莎小姐說的。那時我已確定要前往柬埔寨，彷彿要逃避遠赴地雷區的不安一樣，久違地到花梨花露個臉，才聽他們說是以證人身分出庭的。

我覺得自己像是個局外人一樣，心心念念卻被潑了一桶冷水，但我嘴上什麼也沒說。我什麼也沒多問，耐著性子等到大部分客人們要趕末班車而離開。雖然木屐搖滾樂手和蛋頭先生還在吧檯座位那邊，但我也沒跟他們聊。尤其當他們聊到小夢的時候，我只一個勁兒地沉默，盯著冰箱上的貓咪家族成員圖。

「好像沒能緩刑。」

等到娜塔莎小姐去上夜班，店裡只剩下我跟另一個醉倒了的男人還坐在吧檯座位上。阿功先生趁機靠過來，一個字一個字吐出來般地悄聲說著小夢的近況。

「雖然法官認為無酌量減刑的餘地，但考量事發的來龍去脈，判處有期徒刑三年。但我覺得，好像大家都挺同情小夢的。我那個律師朋友，還說可能服滿一半刑期就能出來了。」

「一半？但那也要一年半耶。小夢要坐牢一年半……」

「小夢把之前的事情都講出來了。包括被雙親遺棄、與親弟弟斷了音訊、在安置機構長大，後來變得不信任人，還比較相信貓。還有她都在我們店對面那個已被拆除的摩鐵裡照顧貓，那些貓就像她自己的家人，貓飼料也全都是她自己買來堆在裡面的。」

「全都她自己買的？」

「嗯，小夢是那麼說的。她說全都是她自己買的。」

本想該表示些什麼才好，但我卻一個字也說不出來。我默默地喝著阿功先生為我調配的稍濃一點的HOPPY。那張圖裡的貓咪臉龐，又再度模糊。

當晚，窗邊沒有出現貓。阿功先生擦拭著啤酒杯，只靜靜地說了：

「那麼鐵沒了，小夢也不在了，那些貓大概再也不會經過這裡了吧。」

後來，我動身前往柬埔寨。

這次的採訪耗時一個月。這片荒野已歷經了二十年的殺戮，世界各國派遣軍隊至此駐留，以解除各派的武裝勢力。我主要是針對從泰國邊境營地回國的難民做採訪。許多人踩到了地雷，失去雙腳。還有孩童因誤觸偽裝成玩具的地雷而失去雙手。我與這些失去手足的人，同在聯合國設立的營地裡用餐。

望著落進地雷區的夕陽，我不禁思考起自己往後的人生。在這片荒野上的寶貴經歷，難道只停留在工作層面上嗎？有沒有可能，以自己的話語編纂出一本書，只為了向某一個人傳達我在這裡的所見所聞？我不斷思量著小夢在廢墟內對我說的「觸及到某一個人」究竟能有哪些可能。

從東埔寨回國的那一天，我在回家之前先去了新宿一趟。去花梨花。

店裡只有阿功先生一個人在廚房。稍微聊了一下地雷區的經歷後，我問阿功先生：「貓咪們還有出現嗎？」

「偶爾會來看看的……」阿功先生搖了搖頭，指著窗戶說：「只有豆太郎、花代，還有波普吧。其他的貓就真的沒看到了。曾經那麼多貓咪來的說。」

我們兩個不約而同地望向冰箱。我們就這樣默默凝望著那張貓咪家族成員圖好半晌。

「照我那個律師朋友說啊，」阿功先生遞給我稍濃的 HOPPY。「接見的時候有問小夢一些事情，但小夢說，不太想見我們。應該說，再也不想見到我們了。」

「這是為什麼呀？」我盯著啤酒杯內的琥珀色液體。

「天曉得為什麼，也許她心裡有什麼東西已經喪失殆盡了吧。不知道能不能說是她失去了一直以來努力去建立信任的東西。可能她覺得跟人類比起來，貓咪實在是好多了吧。」

連我也被否定掉了嗎？

我很想這麼說，但我依然什麼也沒說。我還在想，眼前發生的事情，其實並非小夢本願的吧。

然而，之後也沒有發生什麼如我期待的事情。即使我依然寄信去看守所，卻從未收到小夢的回信。我向看守所請求會面，但所方告知本人拒絕，因而無法見她一面。

花梨花的冰箱上仍舊貼著貓咪家族成員圖，但熟客及阿功先生也漸漸不再提及小夢。

小夢出事後轉眼間過了三年，某個晚上我在廚房喝著，阿功先生跟我說：

「昨天我跟娜塔莎小姐、蛋頭先生有說過了啦，說小夢已經出來了。」

「真的喔？」

「真無情耶，虧我們這麼擔心她。出獄了也給我們打一通電話嘛。」

其他只有小拉這一位客人在場。小拉手裡還握著筷子，趴在裝著燒酎的玻璃杯前。我確定過小拉眼皮緊閉後，才問阿功先生：

「你怎麼會知道這件事情呢？」

阿功先生提了那位律師朋友的名字，說是由此得知的。

「那小夢她現在住哪裡呢？」

「這就不知道了。」

「阿功先生也不知道？」

「我就不知道呀，一點提示都沒有。我那個律師朋友知道歸知道，但他很忠於職業，口風緊得很，應該是小夢本人請他保守秘密的吧。他是不會告知我們她人在哪裡的。」

我當時罕見地點了冰的日本酒。不知道該向阿功先生說些什麼才合適，只好盯著豬口酒杯裡清澈的液體。

「欸，小山，有件事情我想找你談談。」

「是，請說。」

「你覺得，那個該怎麼處理？」

阿功先生指向貼在冰箱上的貓咪家族成員圖。

「一直貼在那兒看了也難過。現在連豆太郎都不出現了。」

我沒有回應他。阿功先生經過一番考慮，轉頭看著我的表情像是僅僅徵求我的同意，才走近冰箱。突然有道聲音說：

「忘了她吧。」

是小拉。那個只吹嗚笛子或小號來表達情感、平常不多話的小拉。他手肘撐在吧檯上，扭曲得像抹布一樣的整張臉朝著我，用帶著鼻音的聲音說：

「我們就忘了小夢吧。」

好一陣子之後，阿功先生才不發一語地點頭。我也順應著，終於答「好」。

阿功先生將那張畫著十七隻貓的成員圖從冰箱上取下來。拿在手上依依不捨地看了兩眼，這才摺成兩半收進層架裡。

小拉又趴在吧檯上了。

就算他對我說，把她忘了吧，其實我想我根本忘不了。只要我今後不走大眾取向，皆以對著某一個人訴說的心態下筆行文，便不可能忘卻這位為我開啟另一條康莊大道的人。但我也最好徹底打消尋找小夢的念頭。

小夢她一定是，將過往一切斷絕乾淨，邁向嶄新人生了吧。或許就連我們在她在記憶中的生息也會成為絆腳石吧。

店裡播放著巴布．狄倫的《Mr. Bojangles》。像這樣的夜晚，我想聽的不是他沙啞的嗓音，而是如包容著一切黑暗的妮娜．西蒙。

十二

歲月流逝。

形形色色的雲流經新宿街頭上空，數不盡的希望出現，卻也有幾乎同等數量的忘卻與絕望，化為人形而去。

我依然是老樣子，常跑花梨花。

有時我坐在吧檯座位，但更多時候是待在廚房裡。

有人點菜，便站到燒烤台前不停轉動青椒，將青椒烤到上了焦色但不致焦苦的程度。

我照著小夢教的秘訣去烤，讓綠色小房間充分蒸熟。不停轉動青椒，讓果肉散發清甜，連種子、白芯都美味可口。讓綠色小房間裡青椒所作的夢，到客人的舌尖上講它的故事。

當我站在燒烤台前，便能透過玻璃門看到外頭的人來人往。摩鐵遭到拆除後，那塊地上的建築與用途幾經輾轉。先是成了停車場，然後是南洋風情的戶外酒吧，而今則是可供住宿的溫泉會館。聽說是鑿井到很深的地層才鑽探到的天然溫泉。日本全國各地的遊客皆慕名而來，想享受一下這家溫泉。畢竟地處紅燈區，繁華一點總是好事。就連這間狹長的小店，也愈來愈多第一次來的客人打開玻璃門問道：「有營業嗎？」

如今的新宿可謂朝氣蓬勃。比起人稱經濟泡沫的那個年代，這片區域的治安提升，來往行人也增加了。

當年盛傳將因炒地皮而消失的新宿黃金街，現在也像築地一樣湧入了外國遊客，成了東京著名的觀光地點。每間酒吧都生意興隆，街上到處都是外國醉客，讓人有種身在紐約的錯覺。Deep shinjuku——深入新宿，這句話已經是至東京觀光的外國遊客之間的口號了。

而我，則老了幾歲。

與小夢在廢墟裡讀詩的那個夜晚，我才二十五歲上下。過了四分之一個世紀，我現在也年過半百了。歲月啊，就在我握著鋼筆、望著天空、品嘗著酒之間，悄悄溜走。

雖說那段日子筋疲力盡、行屍走肉、蠟像般面無表情，但當年茂密的頭髮旺盛地生長，全然不知未來有一天終會衰老。即使挨了永澤先生的揍，我的頭髮也保護著我的頭，擋在中間緩衝。

身為詩人、身為創作童話的人，成天與語言搏鬥也許給我的頭造成負擔了吧。頭髮還在，只是淺薄。雨天的時候，會切身感受到水滴的問候。要是現在挨上永澤先生的拳頭，大概會有點痛吧。

只是，永澤先生再也不會打我了。他十幾年前就往生了。我不清楚原因，據新聞報導很有可能是輕生。或是喝醉後打打鬧鬧之間意外墜落的，從六本木的一間工商大樓裡的酒吧露台。永澤先生的事務所，現在由北極熊般體型龐大的摩利先生負責。

阿功先生也不在人世了。病魔奪取了他的性命。畢竟他的生活習慣就是那樣非常不健康，他本人似乎也對這樣的結局早已有所覺悟。不過意外的是，居然是胰臟比肝臟還先發作。去給醫師診斷時，為時已晚。

「都花了錢去做手術，也沒什麼用啦。拿去喝酒還比較好。」阿功先生在病床上衰弱地笑道。

他離世至今也十五年了。

我在阿功先生的墓前，放了一大瓶燒酎。阿功先生的兒子浩人與我一同雙手合十。由於阿功先生過世，才剛頂下來的浩人實在難以負荷廚房的工作，我也才會因此站到燒烤台前。所以這麼算來，我開始烤青椒到現在也有十五年了。

我不在花梨花的時候，就握著那支鋼筆一字一字地書寫詩歌或故事。這才是我現在的本業。假如平衡感是走鋼索小丑所必須要的，那麼撐起我這行的，就是想像力。能面對一片空白任憑想像馳騁的想像力。我有幸擁有這樣的力量，這點我非常感謝父母與眾神明。

只是這股想像力，也無法讓我看見人生的未來。品嘗著青椒的人，今天居然換位成了烤青椒的人，這是當時只會吃的時候想也想不到的。

沒錯，人是無法想像會發生什麼事的。

前往柬埔寨採訪的經歷成了一個契機，多年來我得以遊歷世界各地，出了一本詩集《民》描述各國人民的生活。在那之後，我便持續出版多本詩歌、童話。累積了忠實讀者，也有幾本書增刷過。朗讀會也有固定的與會者。我如今的生活，是幾乎要窒息的二十幾歲時完全看不到的。

說起來，我在幾年前出了一本詩集《金色繡球花、銀色繡球花》，試著重新建構出色覺異常者眼中的世界，這也是緣起於感到被社會排擠的那段煩憂日子。苦苦掙扎在社會底層的那段時光，換個角度想想其實也並非毫無益處。

沒錯，人是無法想像會發生什麼事的。

詩集這個市場肯定賣不動。只要不是出自有名詩人之手，便不可能獲得關注。即便只有一本詩集由正當的出版社出版，那對詩人來說就已經是成功了。所以當我聽到《金色繡球花、銀色繡球花》進入二刷，我真是高興得無以言喻。

寫詩者必須不侷限於自己既定的眼光，而應進一步催生出與讀詩者之間的某種關聯。詩歌表達其實就是這麼一回事。儘管只是小小的一步，但那確實踏出去的感受溫暖了我的生命。那幾筆版稅加一加，也夠我與兒子去越南旅行了。

沒錯，人是無法想像會發生什麼事的。

貓咪家族成員圖，如今還貼在冰箱上的同一個地方。不過，現在的這張已非當年阿功先生取下來的那張了。這張是新的，由小夢所畫。

去年秋天，花園神社櫻葉開始染上一片緋紅的時候，我再度遇見小夢。

那一天發生的事。

已經過晚間十點了。

店裡幾乎都滿了，訂單一張接一張沒完沒了的。這時間應該早就換班給正牌店長浩人的，但我想他一個人實在忙不過來，便留在廚房裡幫忙。

當我與浩人在成排的肉串旁為烤青椒撒上柴魚片、忙得不可開交的時候，我無意間瞥見玻璃門外站著一位女性的身影。當我再定睛往玻璃門外看，她卻已經不在了。

我忽然想起。

最近這幾天，是不是有看見身影極其相似的同一個人呢。總是徘徊在玻璃門前，卻又倏忽消失不見。

柴魚片從盤子上飄落。店裡播放的音樂、客人之間的喧鬧，對我來說那些都彷彿被吸進了真空管裡一樣，聽都聽不到。

我將剩下的工作交給浩人，從廚房走向吧檯座位。沒時間好好說聲「抱歉借過」，我一路撞過整排坐著的客人的背後去打開玻璃門。

出了店門，恍若那人的身影尚未走遠。那個身影，套著一件米色夾克搭配牛仔褲，穿過黃金街前往靖國大道那方向走去。我顧不得脫下圍裙，便小跑步追上那個背影。

直覺像閃電一般亂竄，又煽動著我去追尋那個身影。

肯定是那個人沒錯。

但，有沒有可能是我認錯人？

我該怎麼開口喚住她？

我跑近那個身影背後，那個比其他行人緩慢、若有所思的身影背後。

「那個，我是山崎。」

我沒有勇氣直呼對方的名字。我害怕萬一直呼她的名字，最後落得以認錯人告終。

但我的這句話，讓眼前的這位女性停下了腳步。

「那個……我是小山。」

我大概是第一次這樣自稱。

這位女性以手扶額，然後才慢慢轉身。

她沒有將白髮染黑，而是率性地剪一個灰白色的短髮。偏長的左眼對準了我，卻又立刻避開了視線，望向他處。隨之她又看著我，像參拜一般地雙手合十在面前。

在說出任何話之前，我需要一段時間抓緊圍裙、深深吸進一口氣。湧升而上的情感過於劇烈而澎湃。我好不容易才能以顫抖著的聲音說出那個名字。

「小夢。」

灰白的頭髮搖晃了一下，她對著我低頭道歉。

「對不起。」

該如何接話才好，其實我自己也不知道。我甚至忘記自己愣在大馬路中央，直到被汽車鳴笛示警才驚醒。

「妳看起來過得不錯，太好了。」

「小山你也是。」

相隔四分之一個世紀，我們終於互相凝視對方的眼眸。

想說的話長年以來都憋在心裡。但卻如當年耶誕節前夕，我們在新宿的混雜中第一次單獨見面那時一樣，我的語言中樞當機了，嘴唇不聽使喚。

看來小夢也是一樣。她又再低頭說了一次「對不起」。

「來店裡坐坐吧。」

我找不到其他更好的話了，只能擠出這一句。然而小夢她卻搖了搖頭，小小聲地回我「我不能去。」

「嗯。」好一會兒後，我才點頭應和。「那，要不要去其他店？」

小夢朝擠滿了外國遊客的黃金街望了一眼，自言自語地說：「這一帶變得真多啊。」

最後，我與小夢並肩而行。走進了靖國大道，穿梭在歌舞伎町的人群裡。

直到我們在無數的閃爍燈光下看見那間土耳其餐廳，這才開始有話可聊。

「還開著呢。」小夢像是找回了失落已久的記憶，感慨萬千。

「要維持一間店面的營運，真是相當不簡單的啊。」我深表認同。當我站到烤青椒的立場，我就有了深刻的體會。

「花梨花也是，還開著，真了不起。」小夢說完，停頓了一會兒，又添上一句：「在我做出那種事之後。」

我沒有對此做出回應。倒是告訴她，花梨花目前是由阿功先生的兒子浩人在經營，平常由我和他一起烤著青椒。

「阿功先生，他怎麼了？」

並肩而行的小夢抬起頭來望著我問道。她如今也接近五十歲了吧，眼角已出現皺紋，太陽穴附近也浮現出淡淡的老人斑。

「阿功先生他啊，已經過世了。到現在也十五年了。」

「這麼久以前呀。」

「病灶在胰臟，去醫院的時候已經太遲了。小拉也不在了。聽說是生病了，但細節我就不太清楚了。」

「這樣呀……」

小夢暫且默默無語地走了一段路，然後才用微弱到隨時會紛飛到雜沓人群裡的聲音說：

「我只會給大家造成麻煩。」

「畢竟……都過了這麼久嘛。有人還活著，也有人往生。」我又刻意假裝沒聽到。

「說得也是。那，娜塔莎小姐他們呢？」

「啊，娜塔莎小姐偶爾會來。她跟蛋頭先生結婚了。」

「真的呀？」

小夢露出了溫暖的表情，儘管那是晚風一吹就會消散的淡淡淺笑。我想現在這樣子，還是聊點類似這樣的話題比較好。

「娜塔莎小姐她好像有時候還是會去當女王。蛋頭先生從學校退休後，似乎過得相當悠哉閒適。」

「那兩個人，真的很適合呢。」

「現在都還會兩個人手牽手來店裡呢。」

我也跟小夢講了其他熟客的近況。

木屐搖滾樂手即將六十歲了，依然是搖滾樂團的成員，搖晃著一頭白髮狂熱開唱。最近他喝HOPPY配的是一本似乎題為《地中海飲食讓你更長壽》的書。

鋼鐵先生老態龍鍾，已經不會再起立展現出他的上臂，但還是老樣子，每次到店裡消費總是要找人借錢。

富士山鬍子退休後搬到山梨縣的深山裡，每天眺望真正的富士山，品嘗紅酒，常常寄悠然自得的明信片來。

對著客人發表演說的表演家，年過七十了依然健在。最近他只要看到低頭滑著智慧型手機在喝酒的年輕人，就會纏著人家怒斥：「你連歷史的夾縫都擠不進去！」

Guts先生在幾年前開始信佛，開口閉口都在談般若波羅蜜多心經。

小夢時而微笑、時而點頭，但卻總是低著頭，將自己的臉龐、表情與心情都藏匿起來。只有當我講到石榴小姐的時候，她才稍微眼神一亮地抬頭望著我。

「她也過世了是嗎？」

「沒，她還在人世，而且還是以前那個穿女裝的石榴小姐。」

「真的假的呀。」

「今年都八十歲了，到現在都還是穿著亮片迷你裙走在街上喔。」

時隔四分之一世紀的再會，小夢這下才第一次呵呵輕笑。那表情如此自然，反倒攪得我心神蕩漾。

我的腦袋裡塞滿了各式各樣的疑問，即使給我一整個晚上都講不完。但我卻無意將這些疑問全丟給如今現身的小夢。

「真的是，歲月如梭啊。」

「嗯，就是啊。」我一邊閃躲醉客，一邊接話。

「而小山你，已經是一位詩人了。」

「啊，還好啦。」

「我一直都是你的讀者喔。」

「謝謝妳。」

「我在隨筆裡看到你寫在花梨花工作的見聞。」

「嗯。畢竟光靠詩歌和童話，實在很難活下去嘛。我還有個讀國中的兒子，還是要想想他的教育費用。」

「這樣，你結婚了呀。尊夫人是位怎麼樣的女士呢？」

我隔了一段時間，老實回答她：「是個很平凡的人。只是，無論發生任何事，她都能從容應對。」

「是在哪裡認識的呢？」

「以前我房東的次女。房東找我去吃飯的時候，聊著聊著就認識了。」

「嗯嗯，聽到這個消息，真為你高興。小山，其實我，也有了自己的家庭。」

「喔喔，這樣啊。那真是太好了。」

其實我想用一種不輸給鼎沸人聲的宏亮開朗來說出這句話。但心底湧現的，卻是我無法忽視的一種落寞。

「妳先生是做什麼的？」

「他是一位廚師。離開大家以後，我想重新開始自己的人生，便搬去名古屋了。」

「名古屋？」

「那位律師先生幫我介紹了一間日式餐廳，店名叫做伏見，說是認識的人開的。我在那邊工作期間，就與那位廚師交往了。」

「哦——是這樣呀？」

當年為什麼不回來我們身邊？

我的心裡響起這句話。

我寫給妳那麼多封信，妳為什麼一封也沒回？

當然也有這樣的念頭。

然而，這些話我都沒有說出口。連表情都沒顯露。

「我也有了自己的孩子，一個獨生女。」

「多大了？」

「快念七年級了。」

「是喔。恭喜妳了，小夢。」

「謝謝你。」

我們就這樣輪流一點一點地講著自己的事，卻絕對避免觸及敏感核心，不知不覺地繞了歌舞伎町一圈。最後回到了這個街角，只要轉過去就能看到花梨花的紅燈籠。我又再度開口邀小夢進來店裡坐坐，而她依然堅決不肯。

「我很抱歉，真的辦不到。」

小夢停在原地，將手伸入了肩上背著的袋子裡。

「我真的……是你的讀者。」

她拿出來給我看的，就是《金色繡球花、銀色繡球花》。我親手寫成的詩集，就躺在小夢手掌上。

「我不曉得都已經反覆讀幾遍了。」

「真沒想到會有這麼一天，你和我寫的詩集一起出現……」

小夢的微笑，將我錯綜複雜的情感全數包容。接著，她從袋子裡取出了筆。

「那個，如果可以的話，可以請你簽名嗎？」

「簽名？當然好。」

我鄭重地接過那本詩集與簽字筆。感覺肺部照著某種節拍在膨脹、手指開始顫抖，讓我難以站在原地為小夢簽名。

「署名寫小夢好嗎？還是要用本名？」

我原本只是打算讓自己鎮定下來而已，但話還沒說完，我的臉面便已僵硬緊繃。在話音甫落的那瞬間，似乎有某種透明的東西將她的面容遮罩住。

「我想想。這裡畢竟是新宿，所以，還是請簽給小夢吧。」

「嗯，但是……」我的手指顫抖個不停。手上還拿著筆，我暗自咒罵自己「真軟弱。」

「有沒有能坐著的地方呀。店裡不方便的話……那我們去花園神社，如何？」

「好呀。」小夢的回應沒有隔得太久，很快便直爽地答應。「我也正想要找個地方坐下來好好聊。其實……我有一件事一定要跟小山說，所以才來的。」

「一定要說的？」

「是的，非常重大的事。」

小夢的左眼直視著我。我並非意圖閃避那眼神帶給我的壓力，只是掛懷的事不吐不快：「那個，應該不只今天吧……小夢是不是好幾天都到店門口等了？」

小夢望著地面，回了個「對。」

「我還半信半疑的。要是我早點發現就好了呢。」

小夢只是搖搖頭，接著正面向著我。這次則是左眼、右眼皆對準著我。

「那麼我們去花園神社吧。」

我請小夢在路口轉角等我，而我則拿著詩集與簽字筆回花梨花的廚房一趟。浩人還在孤軍奮戰，然而我還是脫下了圍裙，然後將手伸向冰箱旁的層架。

小夢她似乎有話要對我說。而我也一樣。如此漫長的歲月，有個東西靜靜躺在層架內，耐心等待著大鳴大放的這一刻來到。我將詩集與那個東西放進自己的手提包，便穿過成排客人的背後擠出了店門。

我與小夢走派出所旁的階梯，一路登上花園神社本殿後方的廣場。雖不比當年從廢墟那個房間望出去那片夜景的壯麗，但從這裡也能俯瞰一部分的黃金街。我們就在那邊找個地方並肩而坐。我的手指已不再顫抖。我在詩集上簽名，小夢又雙手合十，動作像參拜一般地對我道謝。然後才輕柔又鄭重地彷彿手上的物品是某種貴重物一般，將詩集收回袋子。

接著，我說到這附近已經沒有貓咪出沒了。小夢也只是淡然接受現實：「這樣喔。」

一輪滿月高懸夜空。

蒼白的月光，與黃金街散射而來的燈光，讓我們的周圍還有些許的亮，足以清楚辨認小夢的表情。

「我……」小夢搓揉著膝上的袋子。

「怎麼了？」

「我……要離開這個國家了。」

「是喔？」

「這是我長久以來一直嚮往著的事。多年來講著講著，我先生也就有了同樣的想法，想去國外打拚看看。然後我們便開始存錢。現在終於等到機會，能擔任一間日式餐廳的廚師長。所以我們一家人，連同我女兒就要移民了。」

「哇喔，移民去哪個國家呢？」

「你猜哪個國家？」

這個人就快不在日本了。許久未能得見一面，她也依然是她沒有改變，這消息卻像冰冷的夜露滴到胸口一樣。然而我還是強自振作，讓聲音聽來開朗：「是哪裡啊。紐約之類的嗎？」

小夢搖搖頭，說：「是伊斯坦堡。」

「咦？」

「我們要在伊斯坦堡開一間日式餐廳。」

我們在蒼白的月光下，面對著面。我想我大概是像貓一樣圓睜著眼吧。我自然地笑了出來，輕輕為她鼓掌。小夢也漾開了微笑。

「真是太好了。妳的確是有說過想去那邊看看耶，小夢。妳和妳先生都很令人敬佩耶，你們想好了就去實行。」

「嗯。」

「我女兒也既興奮又期待。」小夢補充說明。「不過，重點不是這個。我不是要來講這件事的。只是想到今後再也見不到了，就覺得該講出來的事情，現在就該講清楚。」

她究竟想說什麼呢。我真摸不透小夢的心思。

「就是，這本詩集的開頭……」

我心想照著讀出聲來也太灰暗了吧，但小夢翻開了詩集。

「我反覆讀了無數遍，不知不覺便記起來了。雖然在作者本人面前很不好意思，不過我想讀出來，可以嗎？」

「嗯。不是啦，不好意思的是我吧。」

金色繡球花、銀色繡球花

臉龐尚且稚嫩，撕碎色紙、拼貼成畫。
老師帶著我們來到中庭花圃。
雨過天晴。
開滿了繡球花。
綠葉鮮花盡皆披著水滴。
我見到一顆即將墜落的水滴。
世界上的所有事物皆一個個地被吸進水滴裡。
身邊的朋友、碧藍的晴空，連盛開的繡球花也在水滴裡閃閃發亮。
我也在水滴裡上下倒立，欣賞著繡球花。

沒有一張色紙能完美呈現出繡球花的神采與光澤。

於是我撕碎了金色，也撕碎了銀色，讓花兒盛大綻放。

金色繡球花、銀色繡球花。

隔天，全班同學的拼貼畫都貼在教室裡。

每朵繡球花都獲得優，

只有我的繡球花得甲。

老師在我的繡球花旁邊寫著。

沒有這種顏色的繡球花哦。

我佇立在閃耀的繡球花前。

一直到朋友來找我出去玩，都一直佇立在閃耀的繡球花前。

也許我看見的世界，與別人都不一樣。

我在水滴裡上下倒立，跑向中庭。

儘管小夢翻開了詩集，卻不是看著一個一個字讀的，她是閉著眼睛讀出聲來的。她就這樣朗讀完這首詩，一個字也不差。

「妳好厲害。」

「老實說，我花了點功夫把它記起來的。因為我想，沒跟小山見個面的話，我應該無法啟程前往土耳其。我很喜歡這首詩。小山的詩，每一首都很好懂。」

我自嘲性地笑了出來：「很好懂這說法意味著很淺白，聽起來不太像是讚美耶。倒是有很多人認為我的詩不算詩。」

「不過呢，小山，這樣就好了不是嗎？反正你寫詩又不是大眾取向。你是寫給那某一個人的。」

那個唯一的某一個人，當初為何消失在我眼前？

雖然很想這麼說，但我只簡短回應：「是呀。」

「小山你還會為眼睛的事情煩惱憂愁嗎？」

「嗯。我已經釋懷了。」我誠實以告。「年輕的時候，著實苦惱許久。無法得到想要的工作，那的確曾讓我錯愕不已。但也因此，我才得以一個人走自己的人生，而不是別人的人生。妳跟我說過的，別寫大眾取向的作品，那也是我人生的救贖。因為妳的那一句話，讓我的眼前豁然開展。靠詩歌、童話能入袋多少錢，大家心裡有數，所以我才會在花梨花兼差。假如我是在影視企劃上功成名就，大概就不會為財所困了吧。但我想我應該會在功成名就之前便死了。所以我覺得，現在這樣的人生挺好的。我自己走出自己的人生，而不是照著別人的路線。」

「太好了，我真心覺得你這樣真的很好。」小夢緊抱著我的詩集。「我到現在還是很愛貓。不止愛牠們，我還開始看一些有關貓的科普書籍。然後呀，小山，有件事情讓我很驚訝喔。」

「什麼事？」

「貓咪全都是色弱的。」

「咦？」

「對貓的眼睛來說，最重要的是對光的敏感度。以前貓咪是會追老鼠的不是嗎？所以必須在暗處也能清晰視物。對貓來說，色彩只是次要的，對光的感知能力才是最重要的。」

「真的呀？」

「貓咪在白天的時候，瞳孔瞇成一條線，晚上則放大成圓形。那是為了不漏掉一絲光線才會這樣的。」

「這我之前都不知道耶。」

「我覺得，小山一定就是隻貓。讀了你的詩，我就這麼覺得。所以我就想告訴你這個。萬一小山還是為眼睛的事情所苦，那我就要告訴你，這種事情完全不用放在心上。因為你對光線有獨到的感受，所以你只要相信自己的感受走你自己的人生，這樣就好了。我只是想來說這個。」

「謝謝妳，小夢。」我在嘆息中喃喃低語：「原來我……是貓呀？」

「是呀。所以才會與我這麼合得來。我覺得就算將你畫入貓咪家族成員圖也不奇怪唷。」

「嗯。」

我落入沉默好半晌，靜靜地坐在小夢身邊。但我的內心已澎湃洶湧，像彩色鉛筆盒劇烈搖晃般，各種情感錯綜複雜。我的內在已經開了一扇玻璃門，尚未梳理好的情緒與想法爭先恐地衝出。吞忍至今不打算說的那些話，如今衝破了理智的防守線，說出了口。

「妳說，我是一隻畫入貓咪家族成員圖也不奇怪的貓，是吧？」

「是呀。」

「既然如此，那為什麼妳那麼決絕？我寫給妳那麼多封信，妳卻一封都沒回。去見妳，妳也總是冷冰冰的冷到我骨子裡。那到底是怎麼一回事？」

我聽見小夢深吸了一口氣。我移開目光，抬起頭假裝望著夜空。

「我闖了那麼大的禍……」

小夢的音調下沉。她的說話方式變得緩慢，像是要將口語當成文字一般來做潤飾。

「因為我覺得我沒臉見人。我見不了小山，也見不了大家，今後必須自己想辦法活下去。而且那陣子，我還有可能懷孕了。」

「啥？」

我呆望著小夢的臉。

「我曾經和佐佐木同居。」

「我聽阿功先生有提過。」

「你本來就知道這件事呀？」

「不是，之後才知道的。」

「是這樣呀。那個人曾說過，妳以前過得不好，以後妳要過有夢想的日子才好。所以我才以小夢這個名字去店裡上班。但終究，他就是那樣的人，他所看的、所想的，都跟我大相逕庭。我慢慢地發現到，我對他並沒有感情。這樣一來，我就每天都愈來愈痛苦。跟小山愈來愈熟了之後，我每天都跟他談分手。但是一講，他就強行……我每天都想逃離這裡。」

小夢開始語帶哽咽。聽不出來她其實是講述久遠以前的事情。

「那種事情一而再、再而三，那段日子我好怕繼續下去會懷孕。儘管我沒有為自己決定好該怎麼做，但畢竟有發生這些事情，所以我對夢來及她的小孩就特別愛護。然而佐佐木還是那樣心狠手辣。在我眼裡，他就是個惡魔。剩下的事情其實我記不太清楚了。一回神，我人已經在鐵窗裡了。我每天是照三餐在煩惱。我已無法墮胎，會在這裡生下那個我恨到想殺了的男人的孩子。雖然實際上是沒有，不過我感覺上是被逼迫到極限了。我想斷絕所有人際關係。我真的很對不起你，小山。」

「不會。」

她是帶著什麼樣的情緒與心思，獨自一人蜷縮著呢。我完全不體會她的苦楚，一味沉溺在自己的負面想法中，沒能無論如何皆堅信小夢。

事到如今才懊悔不已，我只能暗自咬緊牙關。

「我真傻，對吧。自己斷絕了跟大家的緣分，自己胡思亂想，然後把自己逼到絕境。得知自己沒有懷孕的時候，反而嚇到渾身發抖，我知道自己已經失調了。我鑽牛角尖地認為不可以和任何人接觸，不可以把大家都捲進來。就想把所有一切都拋開。就連那個寫詩的自己也最好忘了。對不起，小山，我那時候傷你很深吧。對不起。」

小夢的肩膀和手臂開始微微顫抖。我不假思索，輕輕地將手搭在她的手臂上。她左右用力搖頭，然後將臉龐埋在雙手中，低聲啜泣。

「小夢。」

「是。」

小夢望著我。淚濕了的雙眼，滿含著溫柔的月光。閃爍著只有夜間才出現的寶石光芒，對焦在我身上。

小夢的雙唇，近在眼前。

我心知肚明，現在真的該告別了。只在我們兩人心中開始的那段不為人知的戀情，如今將在我們兩人心中告終。

接吻應是再自然不過的了。然而我不禁想，現在那麼做了的話，廢墟那晚在貓咪環繞之下擁吻的永恆光輝便會頓時褪色了。

身旁的小夢朱唇微啟，輕輕呼出一絲氣息。然而，終究沒能化為言語。

我凝視著小夢的雙眸，左眼、右眼都在輕聲訴說。而我從那雙眸的光輝讀懂了她的訴說。離別的時刻已然到來。

小夢一定也跟我想的一樣。我們只透過碰觸到的肢體部分感受對方的溫暖，但卻無意逾越那條界線四唇交疊。我也僅以眼神向小夢傳達這層意念。

是啊，是該告別了啊。

我們互相拭去對方的淚水。滴落到小夢臉龐上的淚，溶化了黃金街的燈光與皎潔的月光，散落成金色淚珠、銀色淚珠。

「小夢，這樣就夠了。」

「是嗎？」

「儘管繞了遠路，但妳總算遇到了能與妳一同實現夢想的丈夫。還有了自己的孩子。」

小夢依然淚流不止，但總算輕輕淡淡地浮現出接近微笑起始的表情。

「既然此去再也無法得見，我有東西想交給妳。」

我取出了那一直收藏在花梨花廚房層架裡的物品。那是我親自手工裝訂的詩集，十七張寫了詩的紙以及一張封面。

「本來是與妳約定一起撰寫的。但既然無法再見了，我便擅自寫好了。」

小夢顫巍巍地伸出雙手，而我將那本詩集輕輕放到她的手上。

「新宿的貓。」

她靜靜地接過，入神地凝望那本詩集。

「當年的那些貓咪，都在這裡凝視著妳喔。」

小夢點點頭，臉頰貼緊著手作封面。她的淚水又再度湧現，淚眼婆娑地看向我。

「小山，謝謝你。」

「我本來就希望哪天能親手交給妳。話說，在離別之前，我可以問妳一件事情嗎？」

「好的，請說。」

「三花貓繪里，就是小夢妳對吧？」

稍微遲疑了一下，小夢才點頭承認。

「是的。」她以手指按住淚水，淺淺地給我一個笑容。

「我被異色瞳這個詞騙了，一股腦地想像著左右眼不同色的貓。難怪怎麼都見不著那隻貓。原來繪里就是妳，小夢。我是知道了小夢的本名，這才領悟到的。這樣子的話，那張貓咪家族成員圖，就是妳與十六隻貓，對吧。」
「沒錯。」
「這詩集只有這麼一本，所以它也與我永別了。最後的最後，這首詩要獻給三花貓繪里。」
我將那本詩集從小夢手上取回，翻到三花貓繪里那篇詩，就近著看。儘管昏暗，憑藉著高掛夜空正中的明月所灑落的月光，勉強還能辨認出文字。我壓低聲音到只讓小夢能聽見的程度，讀起了那首詩。

繪里

只要遇上什麼麻煩
就來我身邊吧。
我永遠在歌舞伎町的廢墟裡守候著。
我的左眼追逐著那些塗鴉
右眼則追逐著夢想。

空間不是只有眼前所見
一定會有能將一切絕望盡數吞噬的黑洞。

只要被蹂躪踐踏
就來我的附近吧。
我永遠在區公所大道的林蔭下守候著。
我的左眼望著來往行人面容中的臉龐。
右眼則望著被棄如敝屣的隻字片語。
背負著傷痛的不是只有你。
但每個人總會復原的。

只要心生悔恨
就來我這邊吧。
我永遠在鐵道邊的遮蔽下守候著。

我的左眼看著被大人遺忘的孩子們
右眼則看著沉睡孩子的未來。
時間並非一味流逝。
總會帶來開花結果。

因為以為只有一條路，才會痛苦。
尋求理論解決，是迷失了方向。
無數的傷痛
誕生無數夢想的話語。
我是三花貓繪里。
倘若你有想跨越的難關
就來聽聽我的絮語吧。
那將化為歌
化為時光。

讀完了。我將詩集交回給小夢。她抬起臉龐，數度眨眼，將那本手作詩集再次抱緊在胸口。

「小山……」

「嗯？」

「謝謝你。那個……我該說什麼才好。」

「也是啦，突然聽到這首詩。」

「我……就是那隻貓嗎？」

「大概吧。」

小夢恍若深受感動，又如困惑不解。接著不知為何，試圖以右眼看著我。

「右眼好像還在煩惱著。」

「煩惱著什麼？」

「它說，應該再也不碰詩了吧。」

「那左眼呢？」

「它說，還想寫詩。」

我坐著，手輕輕繞過小夢的肩膀，摟向自己。僅僅那麼短暫，短暫到約是流星從出現到消逝。然後我們緩緩起身。

「小夢，去到國外，小心別喝生水喔。」

「好的，小山。要繼續寫詩喔。」

「妳也是。」

小夢沒有正面回應我，只是凝視著我，給我一個盛開的笑容。

走下神社的階梯，應該很容易便能招到計程車。然而我並不想目睹小夢搭乘計程車離去的那副光景。

「小夢，我們就在這裡別離吧？」

「好的。」

「小夢……」

小夢在我眼前走下了兩階、三階，單手舉起了那本詩集。

「小山，再見了。」

「再見。」

小夢揮一揮那本詩集，露出了微笑。然後她背對著我一階一階地走下了神社的階梯。

我站在原地。那裡空無一物，只有月光與我的心而已。

我想，一切事物皆不知何謂停留，總是物換星移。我們的心也同萬物一般，化為流沙而逝。不變的，只有月光，那永恆照耀著流逝的每一粒沙的蒼白月光。我想，真相就只是這樣吧。正因如此，在短暫的人生中竟能遇見那與自己互相凝視的人，堪稱一個奇蹟。

反覆思量著這些感慨，我身仍站在原地，心卻飛奔到了月亮上。回過神來，有隻貓正走過我眼前。以這陣子的新宿而言這還真稀奇。

那是一隻還沒長大的賓士貓。

「唷。」我反射性地喚牠。「你從哪兒來的呀？」

貓咪停下腳步，望向我這邊。牠臉上的賓士劃分得很端正。圓滾滾的眼睛反射出石榴石般的光輝。

為了避免驚嚇到貓，我輕柔緩慢地坐下來。賓士貓石榴石一動也不動地緊盯著我。

「你住在哪裡呀？」

石榴石壓低身子，簡短地喵喵叫了兩聲。彷彿在說「我居無定所啦。」

「你的名字是？」

也許是我不該伸出手吧，石榴石撇開臉，逕自往神社本殿後方跑走了。

我再度望向頭頂的那輪明月，望向黃金街的燈火連綿。最後才朝著階梯走下。

在那之後過了大約兩個月，我收到了來自伊斯坦堡的包裹。當我以客人的身分去花梨花露面時，浩人將那個紙箱放在櫃台上，說「是從國外寄來給山先生的。」在我確認寄件人名字前，便先看到了「Turkey, Airmail」這行字，就知道是誰寄來的了。

先喝了一口HOPPY，才在櫃台上打開包裹。裡面裝著土耳其的茶包，以及用布包起來的小巧玻璃珠。藍底黑紋，就像顆眼珠子似的。還有一個稍微厚了點的信封。信封裡裝著看來是我那本詩集的手抄本，上頭親手寫著《新宿的貓》，以及一張藍色信紙。

小山，我已展開在伊斯坦堡的新生活。當地人都很親切，對我很友善。土耳其語的學習也上了軌道。

那個眼珠子似的玻璃珠，是一種叫做土耳其眼的護身符。很像瞳孔擴張時的貓眼對吧。希望這個護身符，能保佑小山的詩集與童話，傳到更多更多需要溫暖撫慰的人手上。

另外，我抄寫了小山的《新宿的貓》。我想，這畢竟是屬於我們兩個人的詩集，便應該各持一本才對。

小山，我真的由衷感謝你。

儘管我倆已正式告別，但在我的心中，小山永遠像燦爛的星星一樣笑著。

我反覆閱讀那張信紙，不知不覺已喝光了一整個啤酒杯的HOPPY。我觸摸著玻璃製的土耳其眼，不禁想起四分之一個世紀前出現在窗邊的豆太郎。

接著，我翻開了小夢為我親手做的那本《新宿的貓》。意外地從中掉出了一張摺疊起來的紙。攤開來看，竟然是重新手畫的貓咪家族成員圖。有豆太郎、花代、托托和可可，那些令我懷念不已的貓咪們。而在三花貓繪里旁，我發現了我。小夢在這張新的成員圖裡加入了一隻先前不存在的貓。那是一隻賓士貓，名為「小山」，旁邊小小地註記著「迷路的貓」。

我望著那一臉怯弱的賓士貓好一會兒。貓臉逐漸模糊，我以手指按住眉頭。愛哭鬼到了幾歲都還是愛哭鬼。真傷腦筋。不過，我突然靈光一閃，翻開了小夢手抄的《新宿的貓》。

果然有。
那第十八隻貓的詩。

小山

迷惘
是你與生俱來的天性。
一切都如此燦爛
讓我不禁停住腳步。
該走這條路？
還是那條路？
疼愛每位有緣的貓，
是你與生俱來的天性。

因為你總是在貓眼深處
發現不為人知的秘密寶石。
是這隻貓嗎？
還是那隻貓？

迷惘著迷惘著
一路走到今天。
所以你才如此懂得迷途小貓的心情。

儘管將我當成路標吧。
不過要記得，沒有什麼正確的道路。
打從混沌初始就沒有那種東西。
當你驀然回首，
才會發覺到這就是路。

喵喵喵。

每個人都一樣，有生命，也會死亡。
不一樣的，只有我們走過的這條路而已。
每個人都在用彼此相異的眼睛，看見彼此相異的世界。
即使被他人指為弱點，也能成為長處的。

迷惘著迷惘著
今後也將繼續走下去。
因為這是你與生俱來的天性。
我是與生俱來的迷途小貓。
喵。

我甚至忘記自己手上還拿著啤酒杯，反覆看了又看、看了又看，這首為第十八隻貓寫的詩。一把鼻涕一把淚地。直到浩人關心「怎麼了呢？」，我的心都還在遙想當年那座廢墟中，與我緊緊相擁的那個人的溫暖。

當天晚上，我便將那張重新手繪的貓咪家族成員圖貼到花梨花的冰箱上。原本的那張則完善保存在我家書房。貼在冰箱上的那張是影本，如此一來即便遭到燒烤台煙霧燻黑也不可惜。

有些客人會指著那張貓咪家族成員圖問：「那是什麼呢？」我會避免托出細節，只說：「以前這附近有很多貓。曾經有個人很疼愛貓咪們，便畫了這張成員圖。」

最近有位碰巧晃進來的年輕人對此很感興趣。他從外縣市大學畢業後便至東京謀職，還沒交到什麼朋友。

他的第一杯 HOPPY，是滑著智慧型手機喝完的。喝第二杯的時候，他發現了貼在冰箱上的貓咪家族成員圖。我如此為他說明後，他一臉驚訝地說：「新宿居然曾經有過貓口眾多的時代啊！」

「多到以前時不時的會有貓經過那扇窗戶呢。以前還會賭下一隻出現的貓是哪隻喔。」

年輕人拿著啤酒杯笑了，但似乎不太相信。他也沒接著聊這個話題，倒是開始抱怨起東京生活。還說雖然很愛貓，但住家太小了而無法飼養。

「不養貓也沒關係呀。」我調著自己要喝的HOPPY，如此回答年輕人。「反正，貓自己會來交朋友的。」

「也是。」年輕人應和我一聲，便開始享用我精心調理的烤青椒。「超好吃的啦。」他雙眼為之一亮，連蒂頭也吃個精光。

接著他突然指著廚房的窗戶，大叫一聲：「哇！」

水泥圍牆上有隻貓。是賓士貓。是我與小夢永別那晚，在花園神社出現的石榴石。

石榴石將臉貼緊窗戶，巡視店內。牠看看我們，感覺像是在說：「今晚也很熱鬧是吧？」然後便跑走了。

「貓咪真的會出現呢。」

「嗯。」

如此偶然，當時店裡正在播放的，正是我第一次打開花梨花玻璃門時聽到的歌曲。湯姆．

威茲的《Downtown Train》。

只要搭上那班車，就能見到那位女孩……。他沙啞的嗓音半唸半唱。

新宿又過了一夜。

作者年輕時，因色弱而喪失面試機會。
新宿某間人情味十足的居酒屋，
冰箱上貼著「貓咪家族成員圖」。
除去這兩個事實，本作純屬虛構。
與任何真實人物或團體連一點貓爪尖的關係都沒有。

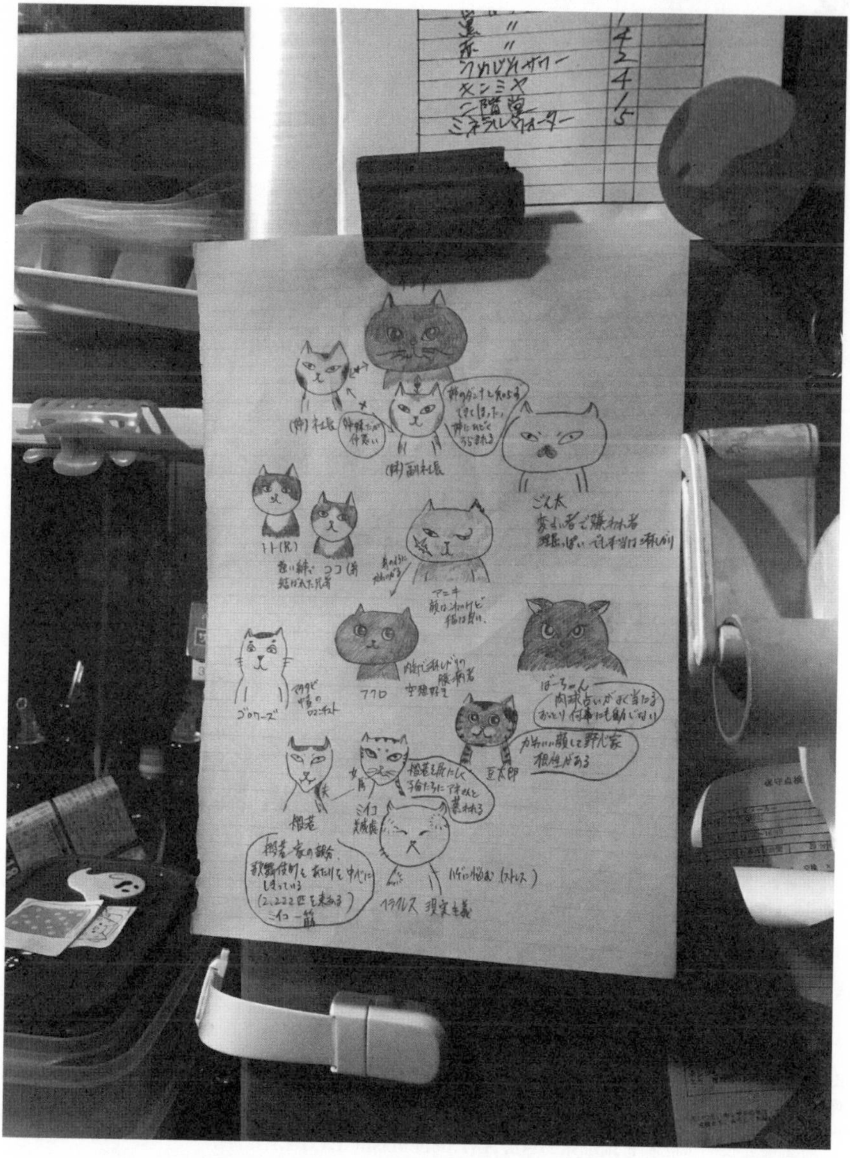

謹獻給阿梅，以及曾在新宿的貓咪們。

PL00081

新宿的貓

作者—多利安助川（ドリアン助川）
譯者—黃毓婷
編輯—黃煜智
校對—魏秋綢
企劃—吳儒芳
封面設計—朱疋
內頁排版—綠貝殼資訊有限公司

總編輯—胡金倫
董事長—趙政岷
出版者—時報文化出版企業股份有限公司
108019台北市和平西路三段二四〇號七樓
發行專線—（〇二）二三〇六六八四二
讀者服務專線—〇八〇〇二三一七〇五
（〇二）二三〇四七一〇三
讀者服務傳真—（〇二）二三〇四六八五八
郵撥—一九三四四七二四時報文化出版公司
信箱—一〇八九九台北華江橋郵局第九九信箱
時報悅讀網—http://www.readingtimes.com.tw
思潮線臉書—https://www.facebook.com/trendage
法律顧問—理律法律事務所　陳長文律師、李念祖律師
印刷—勁達印刷有限公司
初版一刷—二〇二一年五月十四日
定價—新台幣三八〇元
（缺頁或破損的書，請寄回更換）

時報文化出版公司成立於一九七五年，
並於一九九九年股票上櫃公開發行，於二〇〇八年脫離中時集團非屬旺中，
以「尊重智慧與創意的文化事業」為信念。

新宿的貓／多利安助川（ドリアン助川）著；黃毓婷譯
. -- 初版 . -- 臺北市：時報文化出版企業股份有限公司，
2021.05
256 面；14.8×21 公分
譯自：新宿の猫
ISBN 978-957-13-8621-8（平裝）

861.57　　1090

ISBN 978-957-13-8621-8
Printed in Taiwan